U0679761

# 致爱情里的聋哑人士

TO THE DEAF
AND DUMB
PEOPLE IN LOVE

H ◇ 著

台海出版社

图书在版编目（CIP）数据

致爱情里的聋哑人士 / H 著 . -- 北京：台海出版社，

2016.12

　　ISBN 978-7-5168-1249-5

　　Ⅰ . ①致… Ⅱ . ① H… Ⅲ . ①短篇小说—小说集—中

国—当代 Ⅳ . ① I247.7

　　中国版本图书馆 CIP 数据核字 (2016) 第 308785 号

# 致爱情里的聋哑人士

著　　者：H

责任编辑：王　艳　　　　　装帧设计：张合涛

版式设计：鲁　静　　　　　责任印制：李广顺　王丽君

出版发行：台海出版社

地　　址：北京市东城区景山东街 20 号，邮政编码：100009

电　　话：010 - 64041652（发行，邮购）

传　　真：010 - 84045799（总编室）

网　　址：www.taimeng.org.cn/thcbs/default.htm

E-m a i l：thcbs@126.com

经　　销：全国各地新华书店

印　　刷：北京艺堂印刷有限公司

本书如有破损、缺页、装订错误，请与本社联系调换

开　　本：880mm×1230mm　1/32

字　　数：127 千字　　　　　印　　张：7

版　　次：2017 年 3 月第 1 版　　印　　次：2017 年 3 月第 1 次印刷

书　　号：ISBN 978-7-5168-1249-5

定　　价：39.80 元

本书由流行风出版正式授权，经由 CA-LINK International LLC 代理，由北京汇智博达图书音像有限公司出版中文简体字版本。非经书面同意，不得以任何形式任意重制、转载。

# 序／回归

我是 H。这是我第 17 本被发行的创作，在这里，我要先谢谢你的青睐。

出版社的编辑们告诉我，这次主打的精神，叫作"H 强势回归"。我知道这是韩国很多偶像重回舞台所使用的文案，但放在我这次的创作上，或许挺合适。毕竟，距离我上一本书的发行时间，已经将近一年半了。

这一年多里面，更多人认识我，是因为电视上两性专家的身份。我已经很久没有借由文字作品，来和大家见面，因此，要说我是回归"出版界"，我也认可，也感光荣。

毕竟，创作一直是我的人生目标，无可取代。

对于新的读者或是刚认识 H 的朋友，我想对你说："两性专家只是一个我在荧光幕前的包装，我的骨子里，是个小说家，是个说故事的人，是个创作者。"就算这一两年我并没有创作太多文字，但事实上，我把时间花在另外一种形态的创作上面，那就是电影。

熟悉我的读者会知道，H 出过 12 本左右的爱情小说，其中在 2009 年出版的《时间·差》一书，就在去年到今年的这段时间内，被我改编成剧本，并且我能幸运地以导演的身份，参与整部电影的制作。我希望，这部电影在今年内，就可以和大家见面。

又因为先前的出版社关闭的原因，我的前面 11 本爱情小说都被迫下架，很多新读者在现行的通路上，找不到我以前的书籍。就因为这样，我找了这家新的出版社合作，希望将我的旧作重新发行，让更多人读到更有意思的爱情故事。

其中包括了我从 2006 年开始创作的《女人香》短篇小说，至今已经累积将近 500 篇。这一次，我重新创作了一半左右的新故事，希望可以将我的短篇小说陆续推出成一系列，让更多喜欢阅读短篇小说的朋友们，可以有重新收藏的机会。因此这本新书，有大部分是旧读者从没阅读过的新章节，也有一小部分我曾经发表过再修改的作品。不管你是认识 H 很久的人，或是刚认识 H 的人，我都相信，这本最新的短篇小说，一定可以满足你大脑的期待。

最后还是我一贯的老台词。

如果我的作品，可以让你在生活当中有那么一点点触发或是感动，我想，不管这个创作花费了我多少时间与心血，都已经值得。

H

2015 年 4 月 10 日

# 目 录

# 记得说爱我

　　还记得第一次到医院检查出有"阿兹海默症"征兆的时候，我们两个人还能够轻松以对，那一年刚满五十岁的正文甚至会开玩笑。

　　"这样也好，我可以忘记你年轻时候对我发脾气的那几次，这样我会更爱你……"

"你以为你自己可以控制记得什么、忘记什么噢？"

"……你希望我记得什么？"

"嗯……记得你爱我，不对，这样不够，要记得说爱我……"

"可是这病到最后，可能连语言能力也会丧失了，怎么说？"

"你去学年轻人刺青啦，把我名字刺在胸口，就表示你把我放在心上了。"

"你又不是不知道我怕痛……"

"那你录个影像下来给我……"

"对着镜头说我爱你？太不真实了，而且我一定会笑场。"

"录音可以吧？"

"好呀，如果我记得的话……"

"就是怕你忘记才要你录音，还'如果你记得嘞'……"

当时，我们在嬉笑之中就这样度过了。然而两年过去后，正文的病情开始有点严重。他曾经一个人走在他走了几十年的上班途中，忽然忘记方向、忘记目的地，甚至忘记要找谁。

面对我们那两个刚大学毕业的儿子，正文竟然有时候叫不出名字。我知道，他的状况时好时坏，庆幸的是，孩子们都已经长大，已经可以自己照顾自己，但我担心的却是我的身体和心理，有没有办法坚强到可以照顾他到最后一天。

"月娥，厕所，我们家厕所在哪里……"那是第一次正文找不到厕所，直接在客厅内失禁时说的话。他其实大可以直接开口询问我，但是他却因为自尊心，在我们家里里外外走了又走，硬是找不到可以上厕所的地方。

在我们家里面，不管是冰箱、电视，任何一种电器用品上面，都被我贴上了贴纸，上面详细地写着使用方法，以及用完之后要如何关闭的程序，毕竟我无法每天在家，分秒不离地待在正文身边。

　　照顾这样的另一半，对我而言最困难的不是耐心，不是每天要解释多少次，儿子叫什么名字，已经几岁，现在在做什么工作。

　　而是压力。

　　某一天晚上，当我忽然惊醒，却发现正文不在身边时，我的恐惧感，深深烙印在我的心中。凌晨两点钟，我打了电话给两个小孩，开了三辆车，在城内一直绕圈绕到早上六点钟，我们才在住家后面的仓库里面，找到正文的踪迹。

　　从此之后，每天晚上我都睡不好，一个夜晚里面起身个十几次是稀松平常的事情。而另外一个恐惧就是，我不知道哪一天，正文会连我也不记得。

　　这个恐惧的衍生，或许不只是担心他不认得我，而是担心他不认得我之后，我心中是否还有足够的正当性，可以照顾他、容忍他。毕竟，要你照顾一个把你当陌生人看待的男人，还要任劳任怨，那可不光光只是"爱"，这么简单的单字，就可以包容的。

　　但，事情总是会发生。

某一天夜里，当我又惯性地惊醒时，我没有在床的另一侧看见正文，但我发现他坐在床边的沙发上，看着我。

"你醒了？"

"怎么了？你睡不着？"

"对呀……不好意思……我有时候会认床……而且，也不太习惯，和不认识的人睡在一张床上……"

我瞬间，只能张着嘴巴，一股悲哀从心底涌上，我发不出声音来，眼眶一下子就湿了，无法控制那两道由悲伤主导的泪水。

看着我崩溃的模样，正文又开口了。

"娥，你怎么哭了？没事吧？我没有走失呀……"正文一脸心疼地走到床边抱着我，我哭得更大声了。试想，我又怎么忍心告诉他，刚才对我说了什么样的话呢。但只要正文还有清醒的这些时刻，我就有继续照顾他的勇气。

故事，不会像王子公主他们一样，就此过着幸福快乐的日子。正文的病情越来越严重，认不得我的时间越来越长，更糟糕的是，他的语言能力严重退化，有时候我已经分不清楚，他到底是因为忘记事情所以不说话，还是完全忘记如何说话。

这种 on/off、on/off 的频率越来越高，对我的折磨也越来越深。

"把正文闷死然后我自己再自杀"的念头，也和正文的记忆一样，在我脑海中，on/off、on/off 地闪出闪入。

一直到了那天下午，我一个人待在卧房内，我盯着床上的枕头，心中的思绪完全被负面思考给占据。这时候心里头已经没有 off 可言，我甚至，因为看不到正文就躺在卧室内的床上，脾气整个上来。

"正文，正文，你在哪里，你给我过来……"我一边找着正文，一边大叫着，然后很意外地，我竟然在正文的书房里面发现他。他已经很久没有走进这个房间了。他呆呆地站在书桌前，又是一副失神的模样。

我硬拉他的手。

"走！跟我回卧室，走……"正文被我拉得有点不高兴，我甚至硬拉他的衣袖，搞得他的白色 T 恤，整件衣服都虚了。

我将正文拖回卧室后，强迫他躺在床上。他双眼呆呆地，无神地看着天花板，此刻，我心中就只有那个恶魔的念头。我悄悄地也上了床，轻轻地拿起另外一个枕头，就往正文脸上盖下。一开始正文没什么反应，几秒钟过后，他开始挣扎，双手和我角力着，我则是拼尽吃奶的力气，就只想要结束这一切，然而就在拉扯之间，我忽然看见，那松垮掉的白色 T 恤底下，透出了些颜色。

因为无法顺利地完成我的杀人计划，我最后也力气放尽，于是不情愿地将枕头从正文的颜面上方拿走。这时，我撩起正文的白色 T 恤，才清楚地看见，那衣服底下的颜色是什么。

那是一个"月"字。不偏不倚地，就像是刺青一样印在正文的心口上。

"你去学年轻人刺青啦，把我名字刺在胸口，就表示你把我放在心上了……"

我赫然想起我们的对话，鼻头一酸，眼泪就滚了出来。比照起刚才我曾经有过的念头，我真的觉得自己简直禽兽不如。

我伸出手，抵在正文胸口的"月"字上，轻轻地触摸着，接着我大惊，因为我发现所谓的刺青字迹，竟然很容易就被我擦拭掉。我才明白，原来那不是刺青，而是他刚才趁着清醒的时候，走去书房用签字笔写下的。

"你又不是不知道我怕痛……"

想起正文说过的话，我不禁笑了起来，接着，又继续大哭……

# 擦肩而过

马沙就躺在床上，一脸平静，眼睛虽然没有睁开，但我知道，他还在。

30分钟前，他还在加护病房里面，经过一番抢救，又经过一番协商之后，我和医师决定将马沙转移到一般病房，这样一来，孩子们可以在最后的时间里，亲近一下老爸，而我，也可以陪在他的身边。

几年了呢？自从马沙生病之后，我和他往返于医院之间的日子实在太久了，虽然我一点都不觉得痛苦，因为对我来说，真正痛苦的时期还没来到，那会是马沙离开我之后的日子。

马沙今年 72 岁，我今年 65 岁。如果我没有记错的话，结婚那年我 30 岁，马沙 37 岁，说起来，我和他也算晚婚，只不过，不管是早还是晚，可以在人生之中遇到这个男人，我已经别无所求。

我从小是个富裕人家的大小姐，不管面对谁，我都喜欢指使对方，毕竟，我出门有司机，上街有随从，在家里有佣人可以供我使唤。小时候光是我生日当天，那些要巴结我父亲的所谓朋友们，送给我的礼物大概都可以排满我家庭院。

我想解释，我的跋扈并不是天生的，毕竟那是我成长的环境造成的，那让我以为，"我"最重要，"我"最珍贵，其他的人、事、物都是其次。

然而人生里面，坏的事情永远多过好的事情数倍。在我 16 岁那一年，父亲过世，母亲在一年后也因病离开人间，家里的财产被一群亲朋好友瓜分，称不上幼稚的我，莫名其妙地被赶出家门，成了孤儿。

我被迫打工赚钱，原本上的贵族学校，更因为家里付不出学费，因此中断。

在那几年里面，我的生活目标第一是生存，第二，我心存报复。我真心希望那些在我爸妈过世前后两样嘴脸的人们，可以落得最凄惨的下场。

只不过，打工赚钱已经够我难熬，我知道，这辈子我不管再怎么样努力，应该都无法做到，我心中所谓的报仇了。

一转眼，我已经28岁，靠着在餐厅里面打杂工作到领台，从小就喜欢使唤人的本能，让我带起员工来还算有魄力，那一年，在餐厅里面，我认识了我这辈子最重要的人。

这是后来马沙告诉我的。在这间高级的餐厅里面，我负责的是外场，也就是一般人来用餐的地方。然而，我们餐厅也备有VIP房，专门让特别的宾客使用，出入都是经由不同的门，但是这个区域的服务人员，和外场的服务人员是分开的，因此，就算马沙在认识我之前，已经来这餐厅吃过一年多，我却一直没有机会碰见他。

直到那一天，马沙喝多了酒，走出包厢上厕所的他，却走到一般客人用餐的区域，就这样糊里糊涂的，他的肩膀擦撞到我，而那时候的我，手上还拿着空的酒杯，酒杯就这样掉落在地面，碎成多个碎片，溅了满地。

马沙后来说，他在擦到肩膀之后的反应，并不是在意地面上的玻璃碎片有没有弄伤他，而是被我那一脸清秀给吸引。大我 7 岁的他，从那天之后开始追求我，不但刻意不去 VIP 房吃饭，还会单独到一般区域来点菜，和一堆人挤在一起，只为了见我一面。时间久了，我也习惯了与他之间的互动。也或许是他的稳重打动了我，半年之后我们两个人交往，又过一年，我们就结婚了。

马沙是个生意人，但是他结婚之后，完全不应酬，酒也戒了。他努力在他的工作上面，但是不会把时间都花在公司。他会在周末带我出去兜兜风、看看电影，每天晚上也会费尽心思，想要带我去吃些不同的东西。我不知道是不是上半辈子我的命太苦，因此老天特地派了个天使来照顾我。因为马沙真的太好，好到我有时候想起来，不只会笑，甚至会哭。

几年之后我给他生了一男一女，我们的家庭生活和乐融融，如果要我说结婚之后有哪一点是我不满意的地方，我还真的说不上来。

有一次女儿也问了我这样的问题。

"妈，你觉得爸爸哪里不好呀？"女儿问这话的时候，是正准备要交男朋友的年纪，因此对于两性之间的关系，十分好奇。

"还真……没有什么不好……"

"硬要说一个的话呢？"女儿追问。

"硬要说的话……嗯……大概就是他常常走路很快，我都跟不上他，需要我叫他，他才会发现，这一点吧。"坦白讲，这也不是什么大问题，毕竟马沙很习惯在走路的时候想事情。

看着病床上的马沙，我的眼眶泛红。我知道，在离开加护病房之后，剩下来的时间可能只有半小时，也可能只有十分钟，但，就这样在他身边看着他，我却也说不出什么话来………

我试图，随便找些话来填补这安静，然而，马沙却先开口了。

"……阿翠，等我出院，我想去看场电影……好吗？"

"好呀，有什么不好……"

"看完电影之后，我想去吃个茶碗蒸……"

"你想吃什么都行呀……"

"然后，我们再散步一下……怎么，好像……好久……没有和你一起散步的感觉……"马沙说到这句话的时候，眼睛微微地，张开。

"好呀……散步……"我忽然想起我和女儿那时候的对话："散步是好……可是你每次都走那么快，都要等我叫你，你才回过神来……如果是这样散步，我就不要了唷……呵呵……"我平静地说，但我知道，我鼻头有点酸，因为这个情景，我知道再也不会出现了。

"唉唉……你不知道原因吗？阿翠……"

"什么原因？不就是你想事情的时候，走路会加快吗？"

马沙这时候的眼睛看着病房上方的天花板，迟疑了一阵，接着说。

"阿翠，我们……怎么认识的呀，你记得吗？"

"记得呀，你在餐厅的时候撞到我，害我手上的玻璃杯都掉在地上了。"

"对，所以呀，我说……如果下辈子，我还可以撞到你的话，我一定会认出你来，我一定会……"

我被马沙的这句话搞得眼泪涌至眼眶边，却不希望他看到我流着眼泪送他走。

"那……也要你撞得到我，才行呀……呵呵……"我强颜欢笑着。

"可以的……可以的……所以呀，每次散步，我……都要走在你前面，让你喊我……"

"嗯？"我不懂，难道，这是有原因的！？

"书上写着……佛曰：'五百次的……回眸，可以……换得……来生的……一次擦肩而过'……我，不要多……只要再一次……擦肩而过……我就会认出你来……所以……在看过那本书之后，我就开始……刻意……走得比较快……好让你……叫我……让我，回……头……"马沙的声音，越来越弱，越来越小。

我没有接话，虽然心里面的感动已经有如当年的玻璃杯砸在地上般，那样的震撼，但我只敢让眼泪布满脸上，不想让这个病房内，有任何的感伤……

之后，病房内，再也听不到，马沙的声音……

# 明眼人

　　我并不清楚在车祸发生之后，我昏迷了多久，我只知道，就算清醒之后，我还是以为我在昏迷中，因为不管是否睁开眼睛，我都看不见任何事物。

　　一片黑。

　　从医生口中，我得知因为玻璃碎片划伤了我的眼球，因此我很有可能，从此之后再也看不见东西，也就是说，我失明了，瞎了。

　　暗中摸黑的世界是可怕的。尤其在一开始，我还不习惯利用其他感官来熟悉的时候，不时地撞到桌脚，滑倒，或忽然瞬间被别人从马路间拉扯回来的斥骂，不论是实际生活中，或者我的内心层面上，都起了很大的障碍。

　　还好，我知道除了母亲（我单亲）之外，有两个人对我的态度没有太大改变。两位都是我的男同事，一个是阿伦，一个是阿 B。

　　当我眼睛还正常的时候，我可以很清楚地感受到，这两个人都对我很好。他们没有说出任何情话或者告白，但我能体会，他们都喜欢我，甚至都在等待着某种契机的到来，以为就可以和我开始交往。

　　我自认为，我在这种感情事上面，是个明眼人。我也很清楚，我对阿伦比较有好感，对阿 B 就差了些。即便我会出车祸，是因为坐阿伦的车出游的。

从医院回家休养之后，阿伦和阿 B 每天都会来看我，阿伦总是会带水果来，和我妈有说有笑，也会和我说说公司里发生了什么有趣的事情，总之他的出现，可以带给我很大的欢乐。那感觉就像是，我还在公司上班一样。

阿 B 就不是这样了。他帮我带来点字机，或是点字板给我，希望我可以学习点字阅读。但这很不讨喜，因为，我从不认为自己会是个永远的盲人，因此我一点都不想学习这些事情。

毕竟妈妈总是告诉我，有机会复原的。

在失明的半年里面，我的生活每天没有太大变化。妈妈照顾我，阿伦、阿 B 轮流来看我，但我发现，我的其他感官变得越来越敏锐。

我可以从对方的手碰触我的手上皮肤，瞬间判断这个人是谁，或者是从脚步声听出他可能的情绪、呼吸的气息、身上的香水味……总之除了视觉以外，我的感官都更强大了。

包括了猜忌。

大约是半年过后，阿伦来的次数减少了。原本是每天，后来变成一个礼拜两天，后来变成一个月一两次，而最后一次出现的时候，我闻出了端倪。

"你交女朋友了，对吗？"

"……怎么这样问？"

"这两次你来的时候，身上都带有淡淡的女人香水味……是同一种……我猜，是因为拥抱过后残留在你身上的吧……"

"是……也不奇怪吧……毕竟我单身呀……"阿伦如是说。

阿伦的最后一句话，使我再也不愿意对他开启任何感官。我猜，他也感受到我的怒意，于是这个我原本以为这世界上最爱我的其中一人，就再也没有出现过了。

这么一来，会固定来看我的人，只剩下阿 B 了。

阿 B 话不多，身上永远都只有洗衣粉的味道。他的手掌也很粗糙，每次不小心碰到他的手时，我都很怕他的手会划伤我手上的皮肤。

但他的手掌，永远是又大又温暖。在阿伦不再出现之后，我每天期待的，都是阿 B 的到来，但我不想让他知道，或者说，我不想让任何人知道，我现在依赖他，因为我相信总有一天我会复明，那么一来，我就不会选择和阿 B 在一起。

就这样，两年、三年、五年过去了。我的母亲从一个人健康地照顾我，到她自己发现罹患癌症，到最后过世，这所有的过程，都是阿 B 在处理照料的。

我虽然很感激我的母亲，但是她在去世之前，却在我和阿 B 面前，说了一个我不想知道的秘密。

"女儿呀，其实你的眼睛，是不会复原的，医生早就这样和我说了……"我不清楚母亲在临终前说出这样的实情，对我会有什么帮助，但我的恐慌机制却因此而启动了。因为母亲走了，而阿 B 原本一直都在等待我有机会重见光明，现在如果阿 B 因为知道没有希望，像阿伦一样，就此一走了之的话，那我的人生，还可以倚靠谁？

　　这样的恐惧，导致我在母亲过世后没几天，对阿 B 发了一顿有史以来最大的脾气。

　　"你走吧！你知道我不会好了，我眼睛永远都看不见了，你不用等了！我不需要你现在假慈悲，反正再过一阵子，你就会和其他人一样离开我了！"我大吼着，不让阿 B 有任何机会反驳，甚至拿起家里的任何东西往阿 B 的方向丢，那些东西发出巨大声响，我甚至不敢想象我是否有砸中阿 B，因为那可是会受伤的力道！

　　在我一连串丢了好几样东西之后，我喘息着、听着。我没听到阿 B 的声音，没闻到他的气味，我知道，他真的走了……

　　"走吧，走吧，全部离开我好了，反正我什么都看不到呀……"我大哭，用着那对没有生命力的瞳孔流着眼泪，我想，或许我也该想办法结束自己的生命了。

　　哭了，睡着，醒来之后又哭了，再度睡着……我或许有抱着那么一丝希望，期待阿 B 会回到我身边来，但过了好几天，我，却没有等到任何人的脚步声。

那天早上，阳光从窗户外透进来，我那停用的眼睛，还是微微地可以感受到，我知道家里的电线放在哪里，我知道电线可以缠绕在哪个落地窗上，我知道，我可以用什么办法解放自己，或许到那世界可以重见光明。

我在床头柜的地上找到电线，然后一步一步蹒跚地往目的地前进。就在这一瞬间，我忽然，闻到了洗衣粉的味道。有人，走进我的房间。

接着那双粗糙的手，抓住我的手腕，拿走了我手上的电线。然后，他继续用粗糙的皮肤，抚拭我脸上的眼泪。我一边哽咽，一边摸着他的脸，摸到了他头上的绷带，我知道，那是我造成的。

这让我的眼泪流个不停，而我的手掌在这时候，又被那粗糙的大手给提了起来。

我感觉到我的无名指之间，被一种冰冷的金属触感包围住，从指尖，一路往下滑到指缝。我下意识地用着另外一只手的两根手指，触摸起那一圈套在我手指上的金属，我知道那是什么。

在这种事情上面，我一直是明眼人，我知道那是什么。

"从一开始，我就知道，你永远都看不见了……抱歉，我的告白，来得晚了点……"阿 B 粗糙的手，紧紧地握住我的双手。我的眼睛，只能不停地流着眼泪。

# 被偷走的几十年

　　和老公阿伦待在病房已经超过一个月了，看着躺在床上日渐消瘦的他，我每一天都得要在心中打起精神，告诉自己，不能让他看到我的忧伤，更不可以在他的面前流下眼泪。

　　但我知道，我需要这样演戏的日子也不多了，任何人都看得出来，阿伦的人生，已经走到尾声。

"小丽呀，我们结婚几年了？"阿伦用着虚弱的声音说。

"应该有，三十年了哟！"

"我，我们以前的事情，你都还记得吗？"

"你想听哪一段？在大学课堂上你要塞纸条，结果我以为你要给前面那个女生，还是你想要聊求婚的事情？那时候，我一眼就看破你的求婚计划。哈哈！"

"你都还记得呀，真好。这样，如果我走了，你也会记得我，对吗？"

"傻瓜，我当然会记得你。"

"可是记得的人，会比较难过呀，我反而不希望你记得。"

"我一辈子，都会记得你……"

我听着阿伦说的话，自己的眼眶，不自觉地红了起来。在这节骨眼上，我也不想说什么"你会好起来"的蠢话，但是一想到要和阿伦分离，我真的无法承受。阿伦那已经逐渐失去光辉的眼睛里，在我们这段对话之后，忽然又亮起一道光芒，我一时之间无法掌握到，究竟，那个眼神背后，代表什么意义？！

然后阿伦很吃力地、奋力地，想要自己起身按那床头的按钮，试图想要叫些医务人员过来。

"我来，我来，你躺着！"我赶紧阻止阿伦的动作，帮他按了呼叫钮。没多久，一名我没见过的医生和几位护士走进病房，出现在我们面前。

"黄医师，可以了，我们说好的事情，要麻烦你了……"阿伦对这位所谓的"黄医师"说的话，我完全摸不着头绪，因为在我的记忆里面，这个医师根本不是阿伦的主治大夫，我甚至根本没见过这个人！

"阿伦，什么意思？什么叫作可以了？什么叫作'说好的事情'？"我有点不悦，甚至面对那几个医务人员，我的脸色都没好过。

"林小姐，谢谢你呀，这一切都是我的错，把你拉进来这个地方演了这么长的一出戏……"阿伦说。

"林小姐？你在说什么呀阿伦，我又不姓林，而且我是你太太，阿伦，你到底在说些什么呀？"

"黄医师，麻烦你，和她说明一下。"

于是，这位头发不算太多的黄医师，走到我面前，用着很低沉的声音对我说。

"林小姐，是这样的，刘世伦先生是我们医院创办人的好朋友，因此我们医院非常配合他的要求，在几个月前，他已经知道他自己的生命快要结束，然而单身的他，希望在他生命的最后，有一个和他妻子一样的人，陪在他身边，这样一来，他就可以走得更无畏一些……"

"什么叫作和妻子一样，我就是他妻子呀！"我忍不住提高了音量。

"林小姐，我的太太小丽，几年前就已经过世了……"

"你到底在胡说些什么呀？我人不就是在这里吗？"我大喊。这时候那位黄医师又再度开口，而他口中的过去，是我无法相信的描述。

"林小姐，其实你在两个月前根本不认识刘先生，但是我们在网上征求志愿者，希望有人可以接受我的最高端医学技术，让你快速拥有和刘先生这几十年的记忆，让你以为你是他的太太，陪他走完最后这段日子……"黄医师说得很简单，但我听完之后完全震撼，根本无法相信。

因为黄医师的意思是说，我的脑子里面拥有和阿伦的所有过去，都是经过医学技术所捏造出来的事情，我根本不是什么小丽，而是林小姐。

"我不信，怎么可能会有这种事情，我深爱着阿伦，他是我的先生，你们是在欺骗我……"我退后了，一边呐喊着。

"林小姐，我是一名专业的医务人员，我不可能会骗你这种事情，你不相信的话，这是你签名的文件。"黄医师拿出了一份合约，上面有一位林小姐的签名，而合约的内容就是记载着"记忆被暂时取代"等事项。

我犹豫了。

"林小姐，如果你还是不相信的话，只要你让我们恢复你一小段记忆，你就会想起所有的事情了……"黄医师说得很诚恳，但我还是很难相信，这世界上，会有这样的人吗？如果这个阿伦做了这样的事情，那么这个老公，也真的称得上是很恐怖的人，怎么可以随便改变别人的记忆，只是仗着他自己有钱吗？

"林小姐，来，请跟我们往这边走。"两位护士这时候拉起我的手，就往另外一个手术室走去，由于我的脑海一片混乱，也就这样傻傻地跟着他们移动。

"要做什么？要做什么"我惊慌。

"先让你恢复一部分记忆，你就会相信我们的话了……"护士们温柔地对我说着话，接着让我躺在某张医疗床上，然后帮我打了一针。在那之后，我昏睡过去，也不知道过了多久，当我再度睁开眼睛的时候，我看到一位头发不多、穿着医师袍的男人。

"林小姐，你醒了。怎么样？有什么地方感到不舒服吗？"

医师问。

"还好，我怎么会在这里？"我的脑中有点混乱，但我确定，我不应该是在这个地方的人。我有我自己熟悉的生活环境，还有自己的朋友。

"没事了，你只是身体有点不舒服，被朋友送进医院而已，现在可以走了……"

虽然我感到有点莫名其妙，但是离开陌生环境，回到自己居住的地方是每个人必定会有的举动。于是我站起身，半信半疑地走出病房，打算离开这间我一点印象都没有的医院。

在走廊上，似乎很多护士都认识我，好几个人都窃窃私语地看着我咬耳朵。

我虽然心里不太舒服，但也无可奈何。在离开医院之前，我决定先进厕所解决我的内急，坐在马桶上的我，却听到门外两名护士聊天的内容。

"那女人到底是怎样，和那位刘先生什么关系？"

"她是她太太呀，只不过刘先生怕他走了之后，他太太会难过，所以就请黄医师和他演了一出戏，骗他太太是什么外人，然后黄医师再换掉他太太的记忆，让他太太以为自己和刘先生真的一点关系都没有。"

"原来如此，这刘先生还真是替他太太着想呀……"

听着护士们的对话，虽然我一点都听不出这些来龙去脉说的是谁的故事，但不知怎么搞的，当她们离开厕所之后，我走到洗手台前，看着自己的模样，我的眼眶竟然莫名地湿润，接着就涌出了无法抑制的泪水。

# 我没有要追你

第一次见到阿鹏是在高三那年，我正留校准备学测。晚上从学校门口走出来的时候，不巧遇到一班不良少年。我知道他们是附近高职的学生，常常在电动玩具店或是喝酒的地方出没，但我没料到，他们竟然也会出现在学校附近。

糟糕的是，我从他们身上闻到很重的酒臭味。

"小姐，一起去看个电影好不好？"其中一个个子不高的男学生，直接就把手勾住我的脖子，那举动让我很不舒服。

"小姐，我同学在问你话耶，你这样不回答是不是很没有礼貌？"另外一名满嘴酒气的男人，靠我靠得很近地说话。说真的，那瞬间我差点儿没吐出来。

"你再不说话，我就……"那名矮小的男生，话说到一半忽然像是后颈部被抓住的猫一样，眨眼间被甩到了一旁七八步路的距离。

这四五名不良少年惊讶地同时间回过头看，就在那个被甩掉的矮子面前，出现了一名穿着我们学校制服的男生。他个子很高，头发很长，制服的颜色和一般人不太一样，但我知道他是谁。因为他就是学校里面老师们最讨厌的学生——阿鹏。

"不走的话，会断手……"阿鹏话很少，左手上拿着个砖块，走到那个跌坐在地上的矮子身边，将砖块高高举起，狠狠地往他的手上砸去。

我们所有人都失声惊叫出来，最后才发现，砖块只是砸在对方手附近的水泥地上，但那矮个子的裤裆这时候却缓缓地被不明液体渗透，不良少年们就这样一哄而散，边逃走还一边撂狠话。

我吓傻了，但阿鹏并没有和我说半句话，只是默默地离开。往后的日子里，我发现一件事情，那就是不管我读书读到几点，要回家的时候，校门口一定会看到阿鹏有意无意出现的身影。原本一开始我以为只是巧合，但渐渐地我知道，他是刻意在等我，甚至可以说，他是刻意在一旁保护我的。

有一次下课后我故意躲在角落，偷偷地走到他身边。

"你是不是想追我？"我忽然说出这句话，把阿鹏吓到了。

"你想得太多，我没有要追你……"

在那之后，我们偶尔会一起在学校附近的冰店吃冰，但阿鹏总是否认他想要追我。

"你毕业要做什么？"

"加入帮派……收钱、围事……"

"不行，如果你要追我，你就不能打架。"

"我没有要追你……"

"好哟！"

我高中毕业之后，如愿上了大学。有一段时间，阿鹏没了消息，我辗转从一些同学口中得知，他并没有加入帮派，而是在工地做苦工。不知道为什么，知道这消息之后，我的心里面感到很甜。总觉得，总有一天，阿鹏会用那酷帅的表情对着我说："我要追你……"

没多久，我果然接到他的电话，约我出去看电影。可能是太高兴了，在约定好的时间点，我都还在家里化妆，毕竟一段时间没见到面，我总希望可以让他看到美美的我，就这么一个念头，等到我到达约会地点时，已经迟到超过一个小时了。

然而在约好的杂货店前面，看不到阿鹏的身影，却看到杂货店老板娘很辛苦地在整理着门前的货架，以及洒落在地上的货品。

"阿婆，怎么了吗？"

"刚才有个高高的年轻人站在这边一直等人，没多久之后，就来了一群人狂打他……说也奇怪，那男人个子那么高，却都不还手，一边被打，还不愿意跑走……"

"后来还好警察来了，两边人都被送去派出所了……"

听完阿婆的话，我不知道是该高兴还是难过。高兴的是，他明明就是因为想要追我才不打架，难过的却是他因为要等我，却不逃走。

我着急地拨了手机，电话不通，一直经过三天之后，阿鹏才打了电话给我。

"抱歉抱歉，那天因为工地临时有工作，我走不开，就没去见你了，你一定等了很久，对吗？"

"……没事……我们，可以再约……"感受到阿鹏的体贴以及不想让我担心的心意，我在电话这头红了眼眶，只希望可以快点再见到他。

某一天大学下课后，我在门口见到了熟悉的身影，不过那不是阿鹏，而是那几个曾经是高职生的不良少年。

"鹏哥，过来聊聊……"他们拿了我的电话，直接打给阿鹏，约在一个废弃的工地见面。宛如电影场景一样，我的双手被他们用绳子紧紧地绑住，五六个壮汉就这样站在我面前，等待阿鹏到来。

没多久，阿鹏出现在现场。好几个月没见到他，我发现他变得更消瘦，那把长发也剪短了。

"你很牛嘛！"其中一名光头的混混，一开始就从背后踹了阿鹏一脚，这使得阿鹏跪坐在地上。

"不是很凶！？不敢还手哦？"接着那名矮个子的不良少年，开始对跪在地上的阿鹏拳打脚踢，毫不留情，没多久，阿鹏已经全身是伤。

我看着阿鹏被打，一方面不希望他受伤，另一方面又不希望他打架。

"如果打爽了，就把那女生放了，人渣……"阿鹏就算已经遍体鳞伤，讲起话来还是很有骨气。

"就算教训过你，我们还是要动这女生，怎样？"另外一名留着胡子的壮汉，这时候拿出一把小刀，在我脸上比画着。这让我十分害怕。

阿鹏，看着这一切，从地上站了起来。

"不，不准动她，连想，都不行……"我不知道如何形容接下来这短短几秒内的事情，阿鹏先是一手抓住矮子的脸，就往地上砸，然后往后一个踢腿，踹中光头混混的下体，阿鹏一个箭步，又给了光头一拳。

这时候所有人已经顾不得我，所剩的四个人大叫之后一拥而上，准备围攻阿鹏。但只见到阿鹏电光火石间就制服了一名混混，肘击、飞踢、关节技，大概不到两分钟的时间，那几个人全部倒在地上哀嚎，包括那位原本拿着刀在我面前比画的胡子兄。阿鹏解决了所有人之后，缓缓地走到我面前，解开了我的双手。

看着阿鹏，有那么几秒钟的时间，我心疼得说不出话来。

"……不是说好，你要追我的话，就不能打架吗？"我摸着阿鹏满是伤痕的脸，十分疼惜地说。

"我说过了呀……我没有要追你……"阿鹏原本带着笑意地说话，却在这一刹那，僵硬了表情。

我的眼珠往阿鹏脸部的左边移动，赫然看见另一张狰狞的脸，那是刚才那个脸上带有胡子以及杀意的混混，我不需要将视线往下挪移，都可以知道，这家伙对阿鹏做了什么事情……

我惊恐地往后退了几步，清楚地看见，插进阿鹏身后的那把刀，并没有安分地持续在同一个位置。那刀子不断被拔出、再插进、拔出、再插进……

阿鹏看着我，双眼逐渐地失去光辉，接着，他躺在了属于他自己的血泊中……

# 近距离恋爱

　　"你最好再继续滑你的手机，看哪一天我会不会把那手机给砸了！"就算我待在房间内，颂贤的声音还是大得惊人，大到没有人听不出他的愤怒。

　　但，我没办法不这样做，真的。

　　颂贤从美国回来，也不过就只是七个月前的事情，原本期待多年的状态，等到真的进入了，却令人窒息般地无法适应。

　　我是以洁。三年七个月前，还是一名本地品牌公司内的行销人员，那一年我三十岁，在自己办的生日趴上，碰见了从美国读完书回来的颂贤，他吸引我的地方，不是什么显赫的家世，不是 ABC 血统的帅气，而是那一张开口说话就尽显露的霸气。

　　"行销人员？我不知道台湾也有品牌在做行销？"

　　"什么意思？你认为台湾人普遍缺乏品牌观念？"

　　"不是……"

　　"？"我狐疑地看着颂贤。

　　"我认为台湾没有人懂品牌观念！"

　　我很想说，颂贤只是个尚未走出社会的年轻人，因为他当天的打扮看起来，让我不会怀疑他每个傍晚都在公园滑着滑板。但是第二次我和他见面的时候，却是在我们公司里面，他穿着西装，和我以及我们老板在会议桌上开着会。

颂贤提出一个惊人的案子，那是他在美国的团队可以做得到，但是在台湾根本还没有人有办法想象的创意。

最后，我那台湾人的老板，没有采纳这个提案，但，我却被他过剩的自信以及口才给说服了。

我深深地，被他给吸引。

于是我们开始约会，开始交往。

"我很想留下来，可是我必须把美国团队的事情处理完，我才可以回来台湾和你一起生活……"

"我等你。"我说。

于是，在我三十岁那年，我与颂贤交往了三个月后，他就飞回美国，处理他在美国的业务，他答应我，之后会飞回台湾创业。因为这样，我们才有机会往人生后面的道路走下去。

然而，计划通常只是屁话，这段远距离恋爱，一谈，就是三年。这三年里面我飞过去五次，他飞回来十次。我不想去描述这段时间对我来说有多么难熬，我们曾经在电脑屏幕前争吵痛哭了几次，也曾经为这段感情，打了多少中英文字。该庆幸的是，我们熬过了，颂贤终于在七个月前回到台湾。

颂贤是个言出必行并且事业心极重的男人。回到台湾的原因，其实并不完全是因为我的关系，而是他的某部分人脉，在台湾提供了一个机会，在评估过后，颂贤决定回到台湾创业。

然后，他要我进入他的公司上班，并且，从我家搬到他的公寓和他同居。

这些事情都在他回台湾后的一个月内发生。然后，我和颂贤的相处关系，就直接从一年见不到几次面的远距离恋爱，转换成二十四小时都干瞪眼的近距离恋爱。

这转换，一开始只是让我的生活有些不习惯。毕竟这三年来我都是利用通信 APP 与他联系分享，这下子每天看到他的脸，有时候我甚至不知道该如何说话会好一点。更糟糕的就是，只要一点口气不对，颂贤就会不开心。

原本我的生活里面被我家人、大学同学，还有旧同事的出游、逛街行程给塞满（为了弥补颂贤不在的空虚），如今，我必须把所有的约会都推掉，只为了就算假日都要陪颂贤出门开会的工作。

或许是因为住在一起了，颂贤不太会和我聊什么感情事，一睁开眼，他喝着我帮他泡的咖啡，看着手机里面的产业新闻，接着开始问我今天的工作计划。

报表哪里有问题、哪个部门的谁谁谁最近绩效不好、哪个客户提出什么抱怨，等等，想当然，这和我期待颂贤回来台湾之后的生活，一点都不相符。

于是相处不到一个月之后，我们就开始爆发口角，甚至一次又一次、公私不分地吵起架。

"我和你谈公事，你可以不要和我聊什么心情吗？"

"你别走！你不要每次吵架到一半就离开现场，这不是解决问题的办法！"

"你不要对我不讲话，然后回到房间里，一直和别人

APP……"

"你最好再继续滑你的手机，看哪一天我会不会把那手机给砸了！"

我知道我这样的举动的确激怒了他，但我实在无法不这样做。如果我不在当下离开现场，打开我的通信 APP 的话，我真的会和他硬碰硬。

在争吵无数次之后，这一天晚上，颂贤又在家里面和我聊天时，忽然讨论起行销计划不够创新，接着对我大发雷霆。

我不但整个心情崩溃，还大哭起来。

"哭没有用，你要想，你要想出好办法，我们的公司才会更好……"颂贤依旧没有理会我的感觉，不断大声地强调他的公事。

我只能逃跑。

就像每一次争吵一样，我只能躲进房间里，打开我的 APP，滑动着。但这一次颂贤是真的火了，他不像以往只会待在客厅，让我们分处不同空间冷静，他这次像是发了狂似的追进来，并且对着我吼叫。

"你真的不要惹火我，我问过朋友，他们都怀疑，你是不是外面有别的男性朋友呀！不然怎么每次吵完架都跑进来看手机……"我傻了，不知如何应对，但颂贤并没有停火。

"手机给我，我看你到底都和谁在讲话……"可能是因为朋友的煽动，才会让颂贤这次如此动气，他不但不让我有讲话的空间，还直接把我的手机抢走，另外一只手挡着我，不让我有机会把手机拿回。

颂贤一看手机屏幕，整个眼睛瞪得更大，脸上表情进入一种我没看过的盛怒状态。

"Jessi，我好想你……"

"以洁，我爱你。"

颂贤看着手机屏幕念着，先是摇头，再用他那快要喷出火花的眼睛看着我。

"Damn it！我真没想到，你是这样的人……"

看着颂贤的反应，我哭得更加伤心，几乎说不出话来。颂贤整个人也像是泄了气的气球似的，似乎再也没有力气对我说任何的话。

我瘫在床上，颂贤则是站在床边低头不语。我摇着头，奋力地整理着自己的情绪，希望可以将该说的话讲完。

"……颂贤，你，你看清楚，看清楚……那是我和谁在对话……"颂贤听完我的话之后，好一阵子没有反应，最后才缓缓地将手机拿到自己的眼前。

那一瞬间，我才总算看见我认识的颂贤站在我的面前。

他的表情，从愤怒转为平静，进而出现了愧疚以及怜惜的情绪。

"那些话，都是……你在美国的那段时间，我们的谈话记录，只有那段时间里面，你才会说你想我，说你爱我……每次吵架，我如果不进房间来看这些你说过的话，我就无法相信，你就是我爱的那个人，我就无法和你继续下去……你能告诉我，

为什么我们两个人的心，在远距离的时候比较近，在近距离的
时候却比较远呢？"

　　颂贤看着手机屏幕，听着我说的话，默默地，红了眼眶。
或许这问题，就连聪明的颂贤也无法回答，他缓缓地将我的手
机放在床上，紧接着，回到他的客厅。

# 只和你一个人说

早上在楼下等电梯的时候，看见小瑜那种似笑非笑的嘴角，我就发现大事不妙了。

怪只能怪我自己，这阵子实在是压抑不住这种暗恋的心情，冷不提防，昨天晚上和 Sammi 吃饭的时候，不小心就说溜了嘴。

"你喜欢上业务部的 Dennis？那家伙看起来一点都不起眼

呀……"Sammi 听到这消息的时候，筷子差点儿没掉下来。

"嘘……小声点啦，你是希望被公司的人知道哦？"我赶紧左顾右盼，看看有没有认识的同事经过。

毕竟进餐的场所，就在公司附近而已。

"行啦，Karen，我会保守秘密的啦……"Sammi 和我拍胸脯保证。

"……我这事情，只和你一个人说唷，如果有人知道，一定是你这边泄露的……"我威胁着 Sammi，Sammi 却像是恢复了冷静般，低头猛吃着饭。

只不过，早上在楼下等电梯的时候，看见小瑜那种似笑非笑的嘴角，我就发现大事不妙了。

Sammi 和小瑜感情好，这是我们编辑部众人都知道的事情。虽然说，我和小瑜感情也算不错，让她知道了这样的消息，我也没什么好尴尬，只不过，可怕的是，以前曾经发生过的八卦传播事件，如果再次重演的话，那可就危险了。

基本上，我和 Sammi，还有小瑜，在这家出版社里面，都是属于编辑部，因此除了文字编辑之外，还有美术编辑，而以前曾经传播过的路线如下。

我（Karen）→ Sammi → 小瑜 → 安安 → Peggy → Zoe → Maggie → Jessica。

单纯地看来，这是一条简单的传播路线，因为，每个人，都只告诉一个人，只不过可怕的是最后两个人。Maggie 是我们家总编辑，而 Jessica 却是我们公司的发行人，然后呢，在全公司一起开会的场合里面，这些八卦，很容易就会被 Jessica 当作玩笑话给讲了出来。

全公司耶，要我的脸往哪里放呀……

为了防止这种尴尬的情况发生，我决定，阻断这个可怕的病毒传播路线。

上班期间，我一把就将小瑜拉到了茶水间。

"你知道了，对吧……"我说。

"……是啦……再怎么说都是好事呀，不用担心别人知道啦，我不会和别人说的……"小瑜说这话的时候，很明显地，眼睛看都不看我。

"……看着我……"我硬是把心虚的小瑜的脸，用双手捧着正面对我。

"你说了吧……你和安安说了对吧……"我清楚地吐着每个字，让小瑜无法否认。

"……对……对啦……可是我只和她一个人说呀……"小瑜终于说出了实话，不过这也表示，我阻断的步骤慢了一步。

我想着接下来行进的路线，把心一横，我决定跳过安安和Peggy，直接找上 Zoe，毕竟这个地方才是关卡，因为如果 Zoe 知道了，我就得赶紧切断她告诉总编她们的路径；如果 Zoe 尚不知情，我再回头去找 Peggy，这样才能止血。

只是不知道，我会被用什么样的代价威胁就是了。

下午公司的事情多，我被迫一直到了下班，才有机会把

Zoe 约到公司楼下。

"你知道了，对吧……"我说着一样的话。

Zoe 用略带狐疑的眼神看着我，神情像是有点听不懂我说的话。我心里想，你还在演，只是希望提高你的封口费罢了。

"我知道，你已经听说了，你就承认吧……"我接着说。

"……我是知道了，可是，你又怎么会知道呢……"Zoe 总算是承认了，只不过，她竟然怀疑我的推理，拜托，这条"八卦传播丝路"早就众人皆知了，我根本不觉得我这个判断，有什么特别过人之处。

"还需要我说吗？肯定是 Peggy 告诉你的，然后之前是安安告诉 Peggy，再往前推就是小瑜告诉安安……对吧……"因为最前面的源头是我自己，这么笨的事情，我就省略掉了。

"不对唷……不是 Peggy 说的唷……"这时 Zoe 又露出了狐疑的脸，而我听到这句话却有如五雷轰顶，因为这表示，"只和你一个人说"的游戏规则，已经有人不遵守了。

我脸色铁青着，开口问。

"……那你说……你是听谁说……到底……几百个人知道了……"我说这话时，几乎是闭上眼睛，准备等候死刑的宣判。

"其实，也没有那么多人……如果从我开始往上推的话，应该是我（Zoe）← Marco ← Peter ← Tommy ←阿全……"Zoe用着很天真的表情回想着，只不过这些人的名字，完全出乎我意料。

"这些人……不都是业务部的……？？"我的眼睛，瞪得老大。

"是呀……"Zoe 依旧一派轻松，我却有直接想要放弃的念头，听起来，这个消息已经不是单线传播，而是漫天风雨了。

"……阿全……上面……还有吗……？"我无意识地问着这句话，其实答案是谁并不重要。

"啊，阿全上面就是源头了呀，就是 Dennis 呀……"Zoe 说话的态度，似乎觉得我很笨的样子。

但我在这时却皱起了眉头，因为事情，听起来有点怪异。

"……请问，你知道的那件事情，和我讲的是同样的吗？"我很仔细地问。

"你哦？是想要证实哦？全业务部的人都知道了呀，Dennis和阿全说，他喜欢上你了呀，但又不敢说……" Zoe 说。

瞬间我的脑袋无法转换，只能呆立在现场。

公司楼下下班的人多，Dennis 正从我和 Zoe 身边走过，他看见了我，尴尬地和我打了个招呼，我，微笑以对。

微笑以对。

# 亏心事

谁也不会想到我和坤霖走在路上，就可以遇到几年前的大学同学婉育，更不会想到原本只是站在路边的聊天，会演变成"找一天来家里拜访"的邀约，更扯的是，这个随口说说的"找一天"，最后成真。

我不是个不好客的人，但，那得要有些前提。其中一点，就是这个客人，不能够是我现任老公坤霖，曾经在大学时代喜欢过的人。

　　而这个和我良心相关的往事，是我婚后就从南部搬上来的原因之一，我就是想要远离这些人。但意外，就是预料不到的事情。

　　大二那一年，坤霖在某一个午后曾经拜托过我某件事情。

　　"真儿，你是不是和隔壁班的婉育还挺熟？"

　　"还行，怎样？"

　　"有件事情想拜托你……"坤霖讲这话的时候，我的心中充满的是一种不安感。一种绝对的不安。

　　"我很喜欢她，你可以帮我问问，她对我的印象如何吗？"坤霖说得腼腆，我听得难受。原因很简单，在大学时代，除了那位全校女生公认的偶像，篮球队后卫靓仔——连天扬之外，我最希望可以交往的人，就是这个坤霖（毕竟校园偶像距离太遥远）。更令我难以接受的事情是，就在一两个礼拜前，那位"和我还挺熟"的隔壁班同学——婉育，才对我说了相同的话，她对坤霖有好感，希望我探探口气。

敷衍过婉育后，我这次决定要开创新局，毕竟人家不是都说，爱情是自私的吗？

"我问过她了，她对你没什么兴趣，而且好像还露出点厌恶的表情……"过了几天后，我这样回答坤霖。

当然，坤霖十分沮丧，而我在那之后，也回复了婉育类似的答案。

我当时没有抱着什么期待，只是纯粹希望他们不要交往而已。但看来命运之神是站在我这边的，没多久，坤霖也逐渐地接受了我对他的好感，毕业后两年，我们结婚了。

没想到的是，搬到北部来之后，竟然在路上遇到了婉育。

"好呀好呀，我一定要去你们家走走，顺便带我老公给你们认识……"虽然我在相逢的路边已经一再地避免这活动成行，但事情，还是这样发生了。

一个礼拜后的周末晚上，婉育带着她的先生来到我们家，当我一看到她先生，我整个人傻了。

那是连天扬，从前大学时代的校园万人迷。

虽然一见到连天扬的时候，我有一丝妒忌，但后来心里想，婉育因为我的关系错过了坤霖，后来可以交到这么好的男人，我心中的罪恶感，忽然就从最大值掉到最低值，好吧，坦白地说，或许还有那么一点负值。

客套过后，大家吃完饭开始喝起酒来。在这个过程当中，我才忽然意识到，某件可能发生的危险，正在酝酿中。

我知道很多夫妻之间是没有秘密的（当然我和坤霖不属于这类型），也就是说，假如婉育在婚后，告诉了连天扬，她曾经在大学时代喜欢过坤霖，然后在酒酣耳热之际，连天扬（或婉育自己）把这事当作玩笑讲出来的话，坤霖就会知道，我曾经在大学时代从中作梗的恶行。

虽然现在我和坤霖生米早已经煮成熟饭，但我还是不希望我们的感情受到影响。聊着聊着，果然，话题就被连天扬扯到这里来了！

"这真的很巧，巧到让我很想说一件事情——关于大学时代暗恋的事情……"连天扬满脸通红，令我一点都不怀疑，他接下来会说出任何一件骇人听闻的故事。

"过去都过去了，提这做什么呀……我们喝酒、喝酒……"我举杯，想要打断这个接续，但连天扬挥手要我等等。

"没有过去，这搞不好还没有过去哟……嘿嘿……今天就来聊一下呀……"

"别了，别了，我们聊大选好了……"

"没事，该说的就得说……"

现场忽然变成我和连天扬两个人的大声攻防，一旁的坤霖傻傻地看着我们，而婉育则是一言不发。

"真想说的话，就让我来说吧……"这时候，原本板着脸的婉育，忽然开口。这句话轻轻柔柔的，却让我和连天扬两个人都停止动作并且闭起嘴巴。而我心中的紧张，在这几秒钟里面，蹿升至表面张力的地步。

婉育默默地承受着我们三人的视线，接着拿起桌上的白酒，一饮而尽。

"天扬在大学的时候，原本暗恋着真儿，还一度要我去探你的口风，只不过，这事情和我说完后没多久，我们就发现，你和坤霖开始交往了……"婉育说完之后，自顾自地倒了杯白酒，又一饮而尽。

"还好，你们说对吧！还好你和坤霖很快就交往了，要不然，我就没了这老公了呀，哈哈哈……"婉育大笑。

我的脑袋，瞬间像是被丢进水鸳鸯一般爆炸，脑里不停传出嗡嗡响。接着，我也拿起桌上的酒杯，将桌上的白酒倒进喉咙里。那烧滚滚的温度，从胃里面，一路热上来。

# 毕业前爆炸

"虽然很伤感，但是老师还是要和大家说，学习并不算结束，这一切都只是个开始而已……"刘老师虽然一脸正经地向大家说着毕业前的感言，但是她今天特别重的妆感，刻意穿上的短裙，都一再让我觉得，她今天，势必会做出什么，或说出什么特别的事情来。

而且我有强烈预感，这事情，和郑评温一定有关系。

就在我看向郑评温的同时，果然，我注意到刘老师的眼光也落在郑评温的脸上，就是这种每次都被我抓到的"关注视线"，我才会这么不喜欢刘老师。

毕竟，高中三年，郑评温都是我暗恋的对象，虽然平常我们像哥儿们一样打闹，我也知道郑评温没有把我当作女同学看待，但我就是喜欢他。

而且，我早就在高二的时候决定，我就是要在毕业的前一天，面对面地看着郑评温的脸，对他说出"我喜欢你"的告白。

我当时认为，这样的告白，一定会让郑评温吓傻，但在恢复冷静之后，他一定会接受我的感情，甚至搞不好，他根本早就知道我的想法，或者他和我原本就有一样的想法，只是在等谁先告白罢了！

可是进入高三这一年，事情有了转变。原本的班导师因为生病辞去了工作，取而代之的是这位刚从实习教师升格为正式导师的刘老师。

"刘老师好年轻哦！"

"她的皮肤好好噢！"

"就是我梦中情人那一型……"

一堆班上的高中男生，看到刘老师之后的反应，个个都令人反感，幸好我注意到郑评温似乎并没有什么特别的感觉，也因此我一度没有将刘老师放在眼里，岂料，我错了！

第一次发现刘老师和我同样将视线落在郑评温身上，是体育课的时候。郑评温打着瘸脚的躲避球，但我却感受到，刘老师炽热的眼光，正和我的眼光交集着。而当刘老师注意到我发现她的眼神时，她立刻将目光转向别的地方去。

要知道，看着同一个人这件事情并不特殊，奇怪的是她被人发现之后的反应，才会引起我的注意。

在那次之后，不管是在走廊上、课堂中、放学时、操场前，我都可以发觉刘老师的焦点。虽然说我是个支持多元成家的高中女生，但是一想到我的级任导师，竟然想要和我抢男朋友，我就浑身不自在。

她难道不知道，这有多重禁忌吗？一个是姐弟恋，一个是师生恋……不过，等到明天一毕业，他们两个人也就没有师生关系了，如果是单纯的姐弟恋，她或许认为，比较能赢得社会大众的认同呢？

我越想越不是滋味，听着刘老师的致辞，我心中暗自下决定，原本要等到明天才要告白的我，打算提前在这堂课结束之后开口。

唯快不破，先手必胜。

"好了，最后老师祝大家，鹏程万里，一帆风顺……"刘老师站在讲台上，原本讲话流利的她，这时候速度忽然缓了下来。

"基于，老师要鼓励大家，做自己该做的事，说自己该说的话，因此，今天在课堂上，老师也有一番话，想要对某位同学说……"刘老师这时候将视线往天花板看去，但我一听这番话，整个冷汗冒了出来。

这家伙，不会这么傻吧？！我都已经决定要提早了，你竟然不怕同学们的眼光，要在课堂上直接向郑评温示爱！？

"我虽然身为一名教职人员，但我也有爱人的权利，我知道我比大家的年纪长些，也知道我们是老师和学生的关系，但我真的想要说，我喜欢你……"

刘老师话没说完，全班同学整个大鼓噪，每个人开始交头接耳，喧哗声越来越大，整个教室内简直就快要达到爆炸般的分贝。

"郑评温，请你站起来……"这时刘老师干脆直接点名，班上同学几乎陷入疯狂的境界，甚至有人拿手机出来拍照或录影。

我的眼睛整个瞪得老大。我心中犹豫着，要不要在这个时候也站起来，来个大喊"等一下"的戏码。要不然，郑评温这笨蛋以为只有刘老师一个人喜欢他，傻乎乎就答应的话，那我该怎么办？！

但，我怎么敢在大家面前告白呀？这和我的计划不符合呀！我要举手吗？我要站起来吗？我要大叫吗？还是我忍住吧！我到底该怎么办呢？

"林东心！"冷不防地，忽然刘老师叫了我名字，我一惊，迅速就地站了起来。

　　"林东心，我知道，你喜欢郑评温……"刘老师说的这几句话，真的把我逼到绝路，我没想到她会来这一招……是认为自己条件一定比我好，所以干脆来个公平竞争或是让同学票选吗？

　　全班同学持续高分贝鼓噪，因为这已经是比连续剧还扯的超展开了！！

　　"但是，林东心，我比郑评温，更适合你……我喜欢你，毕业之后，希望我们可以保持联络……"刘老师说完这番话之后，帅气地离开了教室。全班同学听完之后瞬间安静，但不到两秒，随即爆发出更惊人的喧哗。

　　最尴尬的大概就是我和郑评温两个人，还站在教室里面。我们互相看了对方一眼，两个人都呆了。

# 入戏

我和柳声弘回到了那处废墟，那是我们初次见面的地方。

"为什么又带我回到这里？"柳声弘看了一下四周说。

"我想……重温我当初见到你的心情……"

"眉昀，你还在犹豫？"

"我知道我不该犹豫，我的理智告诉我应该要答应你，但我的心却不允许……"

"你应该想想我们第一次见面的时候，我为了救你，被那群恶霸打得遍体鳞伤的情景……你难道不心疼？"

"我心疼，我也很感激……"

"我们认识相处已经三个多月，你这样还是不肯相信我吗？"我沉默。

柳声弘看着我默默不语，自己也不知道从哪里冒上来的情绪，走到墙壁旁，竟然开始捶打起墙壁。

其实我觉得很可笑。

"不要这样，声弘，你的手会受伤的！"

事实上我发现他捶打得一点都不用力，那是有所保留，称不上专业的一种表演。

　　"这点痛算什么，这辈子如果不能够和你在一起，我真的是死了也不会觉得可惜。"柳声弘并没有看着我说出这番话，只是用背影对着我，但这已经充分表达出他的情绪。

　　"声弘，拜托你停止，你知道我无法跨出这一步的原因，你知道的……"

　　"……你是说，你之前的过去？"

　　我点了点头，随即也低下了头。

　　"你说的是你的初恋对吗？"柳声弘这时候把眼睛瞪大。

　　"嗯……"

　　"眉昀，都已经过去好几年了，你难道还无法忘记？更何况，你明明知道我和那个禽兽不同，有什么好担心的？"

　　"你不懂，你不懂他伤我有多深……"说这句话的时候，我的情绪，蠢蠢欲动。

"不就是弄大你肚子之后搞失踪吗？这种事情当然令人发指，但是在这世界上，我们要面对的困境，比这个要多更多，难道你从此以后就都不敢面对了吗？"

"你以为只有弄大肚子吗？"我的下巴抬高，看着柳声弘的眼神中充满审视。

柳声弘在那一瞬间被我震慑住了，或许他没料到，我会露出这样的表情！

"不就是这样吗？难道……还有什么我不知道的事情？那你要告诉我……"柳声弘很细腻地压抑住自己的恐惧，大声地回问我。

"你不知道吗？我没说吗？还是你忘了？"

"……或许细节，我忘了……"柳声弘露出半怀疑的神情。

"在弄大我肚子之前，那个禽兽，先将我的五十万积蓄偷领出来，跑去赌博，全部输光之后，再用我的身份证作担保，向地下钱庄借了一百万……"

我真的很恨他。因此这段话，咬牙切齿地说着。

我说话的同时，一步一步向柳声弘逼进。不知不觉间，他也往后退了。

"……有这样的事情？"柳声弘的声音有点发抖。

"我开心地告诉他，我怀孕了，他不但没有半点开心的样子，还踢了我几脚，把我从二楼踹到一楼，接着就跑走了……"

一讲到这里，那股从楼梯间摔下的痛楚，以及失去骨肉的难过，又涌上我的心头。

"那……到底，要怎么样做，眉昀，你才会消了这股气，才会愿意和我交往呢？"

柳声弘此时，已经被我逼到靠墙。我站在距离他不到二十厘米的距离，狠狠地，看着他的双眼。

"我要，杀了他，我的气才会消……"我的眼睛瞪得老大，我知道，我真的很想杀了那个初恋的人，如果我手上有把刀的话，如果有把很锐利的刀……卡——！

就在这时候，导演终于喊停了。

"李凯东，东哥，您演得太好了……逼真……这就是柳声弘该有的样子……"导演一走过来就往饰演柳声弘的大牌明星李凯东走去，对于我这个新人，他自然是看也不看一眼。

"别这么说，是如洁演得好……后面加了那些台词很逼真……"李凯东略带尴尬地回着导演的话。

我则一语不发地往道具组工作人员的方向走去。

"如洁姐，你演得好棒……"工作人员说的话，并没有进到我耳朵里去。

"……下一场的道具刀是这把吧！"我拿了一把水果刀，在手上挥舞着。

"对，对，是真刀哟，如洁姐，你可要当心点……"

我都练习几百次了，我还需要当心吗？

为了制造我和初恋情人李凯东的近距离机会，为了报复他曾经害我倾家荡产、痛失骨肉，我想尽办法进了电影圈，终于得到一个和他演对手戏的好机会，我一定不会失手，等着，看吧……

下一场戏，我会很入戏的……只不过，剧本，是我自己写的那个版本哟……

# 家事

关上门之后，面对着屋内熟悉的一切，我才发觉这一切，再也不熟悉了。差了个人，一切就不同了。

凯文不会回来了。

虽然这房子里面还摆着一堆他买的书，一堆他穿过但还没有洗的衣物，还有一些没吃完的食物，都在等着他，但，凯文不会回来了。

因为，就在几个小时前，我才刚看他呼吸完这世界上的最后一口空气。

"晓玟，你先回去休息一下吧，这几天你也累了，接下来的事情，我们家里人来处理就好。"我知道凯文妈没有别的意思，但听在我耳里，我还是不太舒服。

家里人？我还不算凯文的家人吗？不是我不愿意嫁给他，而是他一直没开口呀！！

一个人独自坐在家里面，看着这间我们一起租的公寓，不管哪一个角落，都有我们两个人的回忆。

毕竟同居在一起，也过一年了。

虽然现在回想起来，或许没有同居会比较好些。

"拜托，莲蓬头的水管不要卷成这样好吗？"

"卫生纸用完补一下好吗？"

"袜子脱掉之后，放到洗衣桶，OK？"

不补充说明的话，可能会以为上面的话都是我说的，然而，真正在抱怨这些事情的人，却是凯文。

"我没有见过一个女生像你这样不爱做家事的，你如果不学着做家事的话，我到时候要怎么娶你啦！"凯文总是如此说。

"你只要娶了我，我就会开始做家事了……"而我总是如此回答。

一开始或许这还算是某种生活情趣，但是同居生活进入第四个月之后，因为这种事情的吵架频率却越来越高。

"我这一堆衣服，你到底什么时候可以帮我洗，已经一个月没动了。"

"你的衣服，我一定要帮你洗吗？"

"是你说你喜欢做家事，喜欢帮我洗衣服的，现在是怎样？"

"我说的是结婚之后，不是现在呀！"

"你现在都不愿意动了，我怎么敢娶你！？"果然，凯文再度说出这几个字。

"你娶了我，我就会做啦！"我也同样回答。

然而语气和音量，绝对已经跨越"玩笑话"的界线。

或许也是因为坚持他要先娶我，我才愿意当黄脸婆的心态，因此，我明知道有一堆他脱下来待洗的衣服，我硬是不愿意碰，但其他的衣物，我却愿意"适量"处理。

我知道我在等。等他什么时候开口向我求婚，只要求婚，我就会把那堆衣服，甚至整个家里打点得一干二净。

几天前，这个事情却成了意外的导火线。

"晓玟，明天晚上同事他们要过来吃饭，你把家里打扫一下好吗？"凯文虽然在出门前交代了这句话，但我或许太习惯这一年来的相处模式了，压根儿忘了这事情，当然也就没有整理那一堆积在沙发旁的衣服小山。

一直到凯文开门，带着一群同事走进家中的时候，我才发现事情不妙。

凯文爱面子，但他没想到会让同事们看见家里面的窘况。一个晚上，凯文都没和我说话，甚至刻意和同事猛喝酒，远远超过他平时可以喝酒的量。

同事们要回家的时候，他借故要送他们离开，但事实上却是自己开车出门，想要散心吧。

然而，那天晚上之后，凯文就再也没有回来过。

第二天是被晨跑的民众发现，车子卡在某个转角处。

对于凯文因为酒驾发生意外离开这个世界，我当然是自责的。看着家里的一切，我这时候，总算决定，实现我答应过他的承诺。

于是，我走到沙发旁，开始把他这几个月来累积没洗的衣服，准备拿到洗衣机里。当我开始一件一件地整理着，忽然，在这堆小山快要见底的时候，我看见一张卡片和一个小盒子。

虽然我心里面有跳出某种可能，但我还是半信半疑地打开信封，抽出卡片。卡片上面写着几个字，而文字最下方所标明的日期，大约是在半年前。

"晓玫，嫁给我吧！辛苦你了。我早就说过了，只要你做家事，我就会娶你，你看，我没骗你吧！凯文。"

午后的阳光不算强烈地映在餐厅的桌上，我呆滞地坐在沙发上，一动也不动。

# 脸书上的好朋友

在经历了被客户狂骂、前男友打电话来借钱骚扰、下班回家时还遇到气象预报常提到"对流旺盛"的雷阵雨之后，我瘫坐在家里，虽然知道隔天是周末，但我整个人活像个丧尸一样，一动也不动。

看着电视荧屏里面那恍如每天重播的政论节目，我刹那间感觉，我的人生，失败到了极点。

即将年满三十七岁，空窗两年没男朋友，走进社会十几年薪水没调整过三次，曾经梦想的每年出国一次游玩，除了十五年前有做到之外，之后的每一年，都只能够每年回乡探亲一次。

我无奈无助也别无他法地打开手机，惯性地打开了脸书的APP，随手一刷，就可以看到一堆人的幸福美照。

在纽约打卡的、在五星高级餐厅的美食照片、和老公的五周年结婚纪念日、准备出国度假的……不管再怎么往下拉，我看到的，都是大家幸福的信息。

大家在脸书上的留言都是：觉得幸福，觉得高兴……

我没有写出状态，但我心里，觉得伤心……

窗外的雨依旧大得吓人，那种声音听起来根本像是有消防队员从天空直接灌下水柱来灭火般的强烈，在这样的情境下，我忽然很想知道，大家都是怎么办到的？

这些脸书上的朋友，不是以前的同学或同事，就是在工作上短暂有交集的人。他们也都不是什么天之骄子，那为什么，他们就可以过得这么幸福，而我难道就注定如此黯淡？

心里面暗自地替这个周末做了个计划，不知怎地，心情好了许多。我决定，在未来两天去探访我脸书上看起来最幸福的三个朋友，或许，我就可以知道，别人的幸福方程式。

第二天一早，晴天。我利用信息分别和三个朋友约好见面的时间，或许也因为很久没聚聚了，看起来他们也相当高兴。

这三个朋友里面，我第一个找的就是我大学同学秀珍，也就是昨天刚和老公度过结婚五周年纪念的脸书好友。

"阿娟呀，你早该来找我了啦……"秀珍一见到我，两个人就热情地拥抱起来。毕竟我和秀珍并不只是脸书好友，而是真正的好友。

寒暄之后，我开口问了秀珍我这趟来的疑问。

"秀珍，感觉，你们生活都好开心？我好羡慕你们……"

"哪有的事，还不就是过生活……"秀珍端了一杯咖啡给我，我看着她以前皮肤雪白的手腕出神时，房内传来男人的声音。

"你又把我刮胡刀放哪了，很烦耶，每次都乱动我东西……"男人的声音很大，或许，我应该说那是怒吼了吧。

基本上，这和我从照片上看到秀珍老公的印象，有很大的落差……在那之后，房间里面的老公一直吆喝秀珍，这让来做客的我，顿时感到有那么些为难。

"秀珍，没事，我先走好了……"我握着印象中秀珍原本光滑的手腕，和秀珍在玄关的地方告别。

秀珍反抓住我的手，眼眶似乎有些湿润。

"阿娟，我们再约，再约……"

"你快进来拿给我啦……"房内秀珍老公的声音，粗鲁地像是在赶我走一样，我只好三步并两步地，迅速离开秀珍的家。

虽然和我原本想象的情境不同，但我还是往第二个朋友的位置走去。

那是自己出来创业，并且常常 PO 出美食照片的威廉。

当我告诉他我想去拜访他的时候，他回复我的信息不长，只说"好"，接着就给了我一个地址，我利用导航系统很快地就找到了地点所在，只不过，当我抬头一看，我有些傻眼。

那是间公司。但这一天，明明是周末。

我在大门紧闭的公司门口按了电铃，没多久，蓬头垢面的威廉出来开了门。

"哟，阿娟！来，来，进来聊……"

我随着威廉走进他的公司，里面空间不大，东西却多得吓人。

"哦哦，租仓库花钱，这些都是库存，伤脑筋耶，我还得要想怎么样把这些东西销出去……"威廉边说话边走到他自己的座位坐下，整个桌上除了商品就是文件，但是吸引我目光的，却是桌面上另外一整排和办公室无关紧要的物品。

我看到威廉座位背后有着棉被和枕头，不禁越来越怀疑起他的生活情况，或许和我想象的一点都不同……

"你，都睡这儿？"

"偶尔，偶尔……"威廉抓了抓自己的头发之后，像是想起什么似的，"啊，你说你要问我什么？还是有什么好生意可以介绍？"

"我是想说……你看起来……过得很好……"

"是不错呀，请客户吃饭，一定要吃好的啦，这样别人才会喜欢和我吃饭，生意才会继续来往呀……"

威廉说话的同时，我的眼光依旧停留在他的办公桌上。忽然，威廉的手机响起。

"刘经理，是，是，我在，我在公司呀，好呀，等等我过去，没问题，晚餐我来，我来……"威廉一边接电话，一边穿起西装，接着捂住手机话筒对我说。

"阿娟，对不起，我现在要去客户那里一趟，改天请你吃饭，改天……"

"好，没事，你忙，你忙……"

威廉半推半就地带我走出公司外，自己很快速地叫了出租车离开，只留下我一个人，还站在他的公司门外。

这时候天渐渐地黑了，身边走来一只流浪狗，个子不大，毛短短的，睁着大眼睛看我。我正考虑着是否要去找第三个朋友的时候，忽然我从狗狗的眼睛里，想起了秀珍的手腕。

那原本在大学时代洁白无瑕的手腕上，多了几道刀疤。我知道，那是什么行为所留下的痕迹。

接着我又想起威廉桌上，那一整排胃溃疡以及肠胃不整的成药、空的药瓶、半开的药瓶，我可以想象，在美食照片的背后，他吞了多少药入肚。

小狗缓缓地走到我身边，磨蹭了起来。不知怎么搞的，看着小狗无邪的表情，我忽然打消了探访第三个朋友的念头，我心想，或许，把这小狗带回家，会得到我一直在找寻的答案。

# 最后一封信

我没想过，第一次搭高铁，是在这样的情况下。

看着橘色的列车，我的心头起了一阵荡漾，在母亲的保护下，我这辈子，有几次是这样自己一个人单独出门冒险的呢？

当我走进高铁的车厢内，想着我今天的目的地，我的心中，就有着掩不住的悸动。多少年没看到他了，十年？十二年？

　　我叫婉儿，今年三十岁。从小到大，母亲就把我当作掌上明珠般的疼惜着，也或许是因为父亲在我很小的时候，就离开了我们家的缘故，母亲不希望男人接近我，更希望我能以我的生涯规划为重。

　　事实上，我很乖巧，不管哪一方面的事情，我都会尽量去达到母亲要我做到的标准，包括学校里的成绩、谈吐和才艺班的学习，我相信从小学开始，我母亲就不曾因为我而感到不光荣过。

　　除了高中时期的那件事情之外。

　　坐在高铁的座位上，我看着窗外的风景，瞬间就模糊，也许是因为速度太快，但这样的景象，却很容易令人回想起过去。

　　在我们那个年代，上高中之后的首要目的，就是要考大学，因为录取率很低的关系，高中三年不能够有任何的娱乐行为，更不要说什么男女之间的感情、谈恋爱之类的事情。母亲更狠，干脆把我转到私立女子高中就读，这么一来，也不用说什么和男生接触了，所有的生存目的，就是读书。

只不过，百密总有一疏，因为我的数理成绩好，因此被学校派出去参加数理资优的研习营学习。这个由政府举办的营队，来的全部是各个学校的数理资优生，我估计整个营队里面大概有将近 1000 个来自各地的学生，包括了来自高雄的小火。

小火的数学特别好，因此当他第一次在课堂上被老师叫起来的时候，解题的速度与能力让在场的人全都惊艳，只不过，没有人知道，我注意的却是他笑起来的时候，双颊浮现的两个酒窝。

小火大我一岁，在营队里五天四夜的生活中，我很快就和他混熟了，然而我们两人彼此心中知道，对方是喜欢自己的。

当然，营队一结束，我就再度回到了母亲的管辖范围内，我失去了这辈子第一次谈恋爱的机会。

很自然地，我放弃了。

但，小火没有放弃。

某一天下课，当我走出校门口的时候，我看到了小火的身影，我第一次，体会到"惊喜"的感觉。

小火专程从高雄搭火车过来，只为了要见我一面，但，此时的我，并不会因为只见到小火一面而满足了。那天晚上，我翘掉了才艺班的课，和小火跑到电影院、咖啡厅、夜晚的公园……然后，我们接了吻……

只不过，快乐的时光，短暂有如彩虹出现的时间般，一下子就消逝了。

小火送我到家门口时，我的妈妈，已经站在路灯下，恶狠狠地瞪着小火。母亲没有说话，只是把我带上了楼，关起门后对我说。

"婉儿，男人都只要一时的快乐，他们不会长时间对你好的……顾好自己的生涯才是最重要……"我张大着无辜的眼睛点点头，这是我人生中，第一次的阳奉阴违，因为我和小火早就约定好，我们最少，一个月一定要通一次信。

那晚之后，果然，小火依约寄了信给我，我也回了。只不过，随着两三个月过去，我发现小火的信没有再出现了，而我虽然多寄了两三封信，一旦没有了回应，我的心也开始怀疑了……

母亲的话，也许是对的……当时校内的功课也越来越重，很快的，我忘记了这件事情，专心朝我的第一志愿迈进。

高三毕业那年，我考上了第二志愿，虽然不是梦想中的殿堂，但也还能接受。

上了大学后，母亲的保护伞范围渐渐缩小了，一来是因为我长大了，二来是因为母亲的身体变差了，因此我可以任意参加大学内的任何活动。

只不过，我就是谈不成恋爱。

大学四年里面，不乏有人追求我，我也会试着和对方出去，但只要到最后关头，我反而会想起母亲的话，可能好好地把专业搞好比较重要。

我知道，我心里面有个伤痕，一个因为阿火被母亲说中了的难过，使得我对男生无法信任。

大学毕业后，我读了硕士班，甚至顺利考上博士。就在我准备着各项论文打算拿下博士学位之时，母亲的病越来越严重。

我找遍了各家医院，用尽了各种关系，最后，在我三十岁这年，母亲，还是离开了我。

我虽然悲伤，但在几个月过去之后，我反而有了种心理上的转变——其实，生命似乎更轻松了……我开始思考起博士学位有必要拿吗？我开始盘算起"我的下半辈子该如何经营呢"的时候，我在母亲的遗物里面，发现了这么一大叠的信。

从信封的颜色上来判断，我知道，那是经年累月所累积下来的结果。

拆开了第一封信之后，我的眼眶就红了……

那是高中的时候，小火回复给我的信。

看着小火的字迹，当年那种青春的恋爱心情就这样在心中重新燃起，我看着将近百封的信，并不急着打开阅读，反而，另外一个念头跳进了我的脑中。

我要去找小火……就像当年他跑过来找我一样。

就这样，顾不得下午还有一个研讨会，我披了件外衣，手上拿着那捆信，我上了出租车，到了台北车站。

当我走进了高铁的车厢内，想着我今天的目的地，我的心中，有着掩不住的悸动。

我不想去批判母亲那样的做法对还是错，我宁愿相信，母亲本来只打算隐瞒我一阵子，没想到小火竟然会如此痴情，不中断地寄着信，也使得母亲的谎言，得要无止境地继续下去。

在高铁上，我将小火的信一封接着一封拆开读着。从他高中的时候，考上了清华，之后又上了清华的研究所，虽然他没有像我一样继续钻研学问，但是他进了科学园区，现在已经是个独当一面的高级主管。

我一边看，一边替他高兴，又替他感到疼惜，在每一封信的最后面，小火都加上了 PS 的字眼，上面写着：我没有交女朋友唷………

高铁飞快地经过了嘉义，过了台南，我手上的信，也逐渐地看到了尾声。虽然他的工作顺利，但是小火在最后一封信的PS上面，写下了令我不安的信息。

PS：我没有交女朋友唷……可是爸妈开始催我了……

而这最后的一封信，大约是距现在一个多月前寄出来的。

我不想去思考太多，毕竟，这趟旅程，只要能够再见到小火一面，我就觉得充满了意义。

出了左营车站之后，我搭着出租车，直接说了小火家的地址，希望在这个时候，他会在家。

小火的老家，是在一个很偏僻的地方，旁边充满了稻田，很难想象，这样的人家里面，出了一个这么会读书的小孩。在敲了他们家大门之后，一个貌似小火母亲的人走了出来。

"火仔呀？他去邮局，在前面那巷子左转就可以看到……"等了十几年，我不想再待在小火的家里等他回来，于是我三步并两步，快步地走到了邮局门口，而我一到达那里，就看到了一名男子，正在邮筒边，做出了准备寄信的动作。

"小火……"隔着十米左右，我叫出了他的名字。

小火一只手拿着的信封已经伸进了邮筒中，听到了我的声音后，他回过头，看着我。

然后，小火笑了……见到了脸上的那两个酒窝，我才更确认，眼前的这个男人，就是小火。

只不过，经过了十几年的分隔，我们似乎陌生了……

"小火，那些信，是因为我妈……"我觉得，我有必要解释，只不过，小火却举起了手，示意我不用提这事情。

"没关系……我相信你……"小火说话的同时，那只将信件放在邮筒里面的手，却依然没有放手，就像是舍不得寄出这封信似的。

我慢慢走近小火，小火的动作，依旧保持着不变的姿态，一直到我走到了他的面前……

小火手上的信封，虽然百分之九十都在邮筒里面了，但，剩下来露在邮筒外的部分，我还是看得清楚的。

"寄给我的吗？"我说。

小火收起了笑容，点了点头。

"那……应该是……最后一封信？"

小火再度点了头，并且松开了手指，任由信件滑进了邮筒中，我看见，那两只紧握信封的手指头，泛着红色渍……

我和小火两个人，在邮筒前对峙了一会儿，小火眼睛虽然看着我，手上却不停地想把手指上的颜色搓掉。

在再度露出了招牌的酒窝后，小火留下了一句话，缓缓地，转身离开了我……

"这次轮到我……听妈妈的话了……"

# 植物

我看得到，也听得见。

"看得到"的视野或许不是太广阔，"听得见"的声音也像是隔着门一样的不清晰，但，我看得到，也听得见。

只不过，我不太能够了解，我在这个地方做什么，我又是谁，我接下来，该做些什么事情等问题……我自己，无法回答自己。

我看了一下视线内的景物，墙壁、小茶几、花瓶、座椅……有穿着白色像是医生袍的男人，带着口罩，和几个我不认识的人，说着话。

他们看了我一眼，只不过，距离有点远，我无法听得很清楚，他们交谈的内容是什么，其实我也兴趣不大。

就这么躺着，感觉是舒服的。

虽然四周像是被某种物体包围着，但我并没有急着想要走出去，反而认为在这空间里面，是安全而自在的。

这时候，一名像是主妇的女性朝我的面前走了过来，双手捧着我的下巴，泪眼汪汪地对着我说。

"盼盼，妈咪有事情先走了，惠棋在身边陪你哦……"话一说完，女性在我的额头上轻轻地亲了一下，带着像是有所不舍的表情，离开了我的视线。

说实话，我认不得这位太太是哪位，我更不知道惠棋是何方神圣。

我那不听使唤的身体并不能自在地活动，因此我用力地转动了一下眼球，看到了一名年轻女人，就坐在我的病床边，拿着水果刀，正打算削苹果。

这女人的皮肤很白，光看就可以判断得出，那皮肤的触感肯定很细致，她还有着一双非常大的眼睛，瞳孔深邃得像是可以投入任何物品的湖。

如果要我用文字形容这个女人，我只会使用一个字：美。

惠棋（应该是她的名字吧）静静地坐在一旁削着苹果，偶尔会用那带着点哀愁的眼神看看我，我不知道那是什么意思，但，我心中产生了一股不舒服……

这情绪是很复杂的。

我知道惠棋的眼中，多的是对我的关心，但我却因为那股关心，产生了不悦，我对自己这么奇特的反应感到讶异，因为霎时之间，我分不清眼前的女人，究竟是敌是友。

惠棋像是察觉了我的情绪，放下了手中的水果刀，缓缓地靠近病床，贴在我的身边。

"盼盼，怎么了？认得我吗？我是你最好的朋友，惠棋……你可以……听得到我的话吗……？"惠棋的脸上带着浓浓的哀伤，我想，那不是演的，她应该真的是我最好的朋友。

可怕的是，我似乎什么都记不起来。

惠棋静静地看着我几秒之后，终于又是失望地低下了头，我不知道她在期盼什么，似乎是有人告诉她，我会在什么时候忽然醒过来的样子，但，我现在就是无法动弹，而且回想不起任何的事情。

又沉静了大约五分钟，病房左侧的门被推开，我的视线无法触及那个角落，只是我看到惠棋的表情，像是看到了什么人在呼喊她，于是惠棋起了身，往门口走去。

门被关了起来。接下来又是大约好几分钟的静谧。当病房的门再度被打开的时候，惠棋的身边多了一个人，一个男人。

男人的五官很好看，而且，有一种很熟悉的感觉，我甚至可以回想起，我的手指头，从他五官上滑过的触感。

接着，男人和惠棋一同坐在了我的病床边，静静地看着我。

"……盼盼，我是阿翔，记得我吗？我是……你最爱的男人……阿翔……"这个面容姣好的大男生，讲不到两句话竟然就哽咽了起来，奇妙的是，听到他的声音，我的心头，也那么样地揪了一下。

如果照他们所言，眼前的男人，是我男朋友，旁边的女人，也就是我最好的朋友。不过，我怎么还是都想不起来呢？

在阿翔讲完话以后，病房内再度陷入了一种死寂，似乎除了问我"想不想得起来"之外，这两个人，对我都没有别的话好说。

忽然，惠棋开口了。

"阿翔……如果……如果盼盼一直都没醒过来……我和你说过的那事情……你……怎么想？"惠棋很冷静地说了一些我听不懂的话，然而这件事情，似乎让阿翔很不能冷静……

"不要说这个……盼盼一定会醒过来……"阿翔说。

"我是说如果……如果盼盼没醒过来,我们……可以在一起吧?"一时之间,我还搞不清楚这些话的含意,然而在沉淀了几秒钟之后,我的心头忽然涌出了一股怒意,一种很熟悉的怒气,推动着我。

脑海中,心底深处,原本好好放置的记忆,竟然随着这股怒气,像是火山喷发般爆冲出来,所有的过往画面,快转似的跑过眼前。

两年前在同一个场合里面,我和惠棋一起认识了阿翔,后来阿翔开始与我交往,但我却一直怀疑,惠棋和阿翔之间有暧昧情谊,甚至因为这件事情,我和阿翔之间爆发了好多次激烈的口角,只不过,碍于面子,我从来就不敢和惠棋证实,只能够表面上和惠棋依旧保持"最好的朋友"的关系,但心里却纠结万分。

没想到,我怀疑的事情,是真的……而且,竟然是在这种情况下被我得知,在我出了车祸,失去意识的情况下……

他们两个人，都没有注意到，我的小指头，在这个时候，微微地动了两下。

"我出去抽个烟……"阿翔转移了话题，站起身，走出了病房。惠棋则是眼眶泛红，也站了起来，走进病房里面的厕所。

当阿翔不在病房内，惠棋在厕所里面的时候，不但是我的手指，包括了我的脚、我的脖子，我全身上下任何一个地方，都逐渐恢复了运动能力，我想，我成为刚才那种类似"植物人"状态，并没有很长时间……

几分钟过后，惠棋还在厕所内，而阿翔抽完烟走进了病房，看着我看着他面带微笑的表情，阿翔先是一惊，然后才大叫了出来。

"我真是天才……我真是天才……"原本应该是想要让他惊讶的我，这时却反而被他的反应给吓到了。

我还没来得及开始兴师问罪的时候，阿翔歇斯底里般地跳到了我的面前，连珠炮般地说着。

"医生说，你身体完全没问题，只不过是失去意识，甚至是失去记忆，他说要找一些会刺激你记忆的事……你爸、你妈，还有惠棋他们用了各种方法都没有用，果然，我还是最聪明的……"阿翔兴奋得让我搞不清，是因为我苏醒还是因为他认为自己的那个什么鬼方法有效。

"什么意思？"我心头有不好的预兆。

"我知道你一直怀疑我和惠棋，用这个事情刺激你的话，你肯定会醒过来啦……所以我和惠棋演了戏……"阿翔说得开心，我则是心头一沉……

阿翔此时才察觉到惠棋并不在病房内，也察觉到，我神情的变化。

"惠棋呢……？"

我紧握着手上那沾满了血迹的水果刀，却不知道，该如何回答……

# 爱情机器人

我睁开眼睛后看到的这个男人，让我心跳得好快。

我无法形容那是什么样的感觉，但是我知道，我很喜欢看着他。

"早，Jolin，我是 Chris。"

Chris 有一双很深邃的眼眸，看着我的时候，就像我是这世界上最美丽的女人一般。

"早。"我回应着他的招呼，心中却有一种压抑不住想要环抱他的冲动。

"我们走吧……"Chris 站了起来，将手伸了出来，示意我牵住他的手。

我脸上的温度似乎有些微的提升，然后缓缓地伸出了我的手，握住他的手。

Chris 笑了。那笑容就像是我生命的意义一般灿烂。

我们到了一条不知名的街上，到了一座叫作电影院的地方。Chris 买了票，然后我们在等待所谓的电影开场之前，我依旧牵着 Chris 的手，徜徉在一片陈列着许多时尚设计的橱窗前。

"这些东西，美吗？"Chris 问。

我看着橱窗里的包包、衣服，笑着回答。

"很美……"

"想买吗？"

"不需要……看看就好……"我说。

Chris 满意地微笑着，我并不懂这样的对话，有什么地方令他满意，不过看到 Chris 高兴的表情，我就心满意足了。

没多久，我们进去看了"电影"。电影的内容讲述着战争时期的音乐家，因为大环境的因素，不得不拿起枪杆，但是最后，还是靠着音乐救赎了他的生命。走出电影院以后，Chris 针对电影内容，和我聊了起来。

我很开心，将我看完的感想，毫无保留地说给他听，而Chris 也会一边听我的想法，一边回应他的意见。

这时我体会到牵手以外的感觉，非感官式的。

晚上，Chris 领着我进入了一间法式餐厅。位子似乎是Chris 预定的，很有礼貌的服务生，热情而低调地招呼着我们，而我非常熟练地翻阅了法文菜单后，点了几道精致的法国菜。席间，Chris 看着我，遵循着餐桌礼仪，顺畅地完成晚餐的进食之后，Chris 又露出了满意的笑。

自然的，我也开心。

回到 Chris 家中，我们两人忘情地拥吻，褪下了所有的衣物后，和 Chris 结为一体的美妙感受，才真的是我这辈子永远忘不掉的体验。

我知道，我深爱 Chris，他也是。

隔天早上，我再度睁开眼看到了 Chris。

"早，Jolin……"他的眼神，依旧令我心动，我希望，我每天都可以看到他。

"你爱我吗？"Chris 接着问。

而我毫不犹疑地点了点头。

"我必须告诉你一切，否则对你不公平……"Chris 在我面前坐正了身子。

"你是机器人，是我制造出来的。你的外貌，脑子中的一切程式、思考逻辑、情绪反应、喜好、知识，都是依据我理想的情人典型所输入的，因此，你会永远爱我……你会依照我希望的一切理想，行动着……"

我听完后，并不惊讶，因为我自己其实有感觉。只不过看着 Chris，我的脑子很自然地运作着问题的产生。

"我会永远爱你……那么，你会永远爱我吗？"我问。

Chris 又笑了，笑得非常灿烂。

"当然，因为你是依照我的一切理想创造出来的，我当然会永远爱你……"

Chris 的眼神，比这句话看起来更加坚定。

我站了起来，摸了摸自己身体，并检查着自己身上的构造。

"可是，我发现我身上没有电线，也没有电池，难道我不需要能源吗？"

"需要的……这是我伟大的发明，你的能量来源是爱，现在就是来自我对你的爱，只要这份爱持续，你的能源就不会停歇……"Chris 得意地说。

而这答案，给了我好安心的感觉。

于是我们就这样过着日子。

一天，一天，又一天。那是充满着完全爱情的日子，每一天醒来，我都会因为看到 Chris 而感到心动，而每一天的过程，都因为 Chris 在身边而倍感意义。

某一天早上，当我睁开眼睛醒来时，我并没有看到 Chris 的脸，眼前看到的反而是另外一个面容姣好的年轻小伙子。

"你好……"小伙子害羞地对我打了声招呼。

我起了身，看了看四周，发现我躺着的地方，并不是 Chris

的床，而是一个类似仓库的地方。

"你好，请问你是？"我疑惑地问。

"我叫 Richard。"年轻人笑着说。

我站了起来，对于 Richard 的名字我并没有太大的兴趣与反应。

不理会他的扶持，我快速环顾四周，发现一个往上走的楼梯，因为我急迫地想要离开这里，去找寻 Chris，于是我立刻走上楼梯。

上了楼梯后的空间，总算是我熟悉的地方。那是我和 Chris 每天一起生活的客厅。只不过，在我看来，我觉得似乎有些什么东西不同了，一瞬间我无法判断是装潢的差异，还是有什么细微的变化。

这时我才注意到客厅墙上的大型照片，却在此时全身不自觉地发起抖来……

没多久 Richard 也从地下仓库爬了上来，循着我的眼光望向墙上的照片。

"哦，那个呀……那是我爸妈的结婚照，二十年前拍的了……"Richard 虽然说那是他的父母亲，但我相信我没有看错，照片中的男人，就是 Chris。

一种"晕眩"的程式倏地在我脑海中运作起来，这让我的身体感到不适，而另外一头，大脑的记忆体却自动自发地叫出了 Chris 曾经说过的档案。

"当然，因为你是依照我的一切理想创造出来的，我当然会永远爱你……"

"你的能量来自我对你的爱，只要这份爱持续，你的能源就不会停歇……"

我这时发现脑中的程式，出现了"谎言"的字眼，而眼睛，也不知不觉地流出了不明液体……

# 爱情戏

当我走下飞机，打开手机电源的那一刹那起，纷沓而至的各方信息，给了我一种趋于"坏"的预感。

通常，好消息的产生，是不会有那么多人知道的……

我听取了一则最近时间的语音，就可以推测得出，其他的信息，应该都是要传递给我同一个消息。

"Bebe，阿卡过世了……"声音的主人，是我大学时代的好朋友，也算是最了解我和阿卡一路过来的人。

听完留言后不知道过了多久，我才忽然发现，我正被出关的人员大声吆喝着，要我往前走，因为我的出神失态，已经使得排队准备出关的队伍，整个像是断了两截般……这时我那刚和我一起从法国回来的新婚丈夫小志，也才发现我的不对劲，赶紧把我从落后的队伍中拉到前面。

"我就算死，也一定会死得很厉害……"阿卡年轻时候的脸，倏地出现在我的眼前，笑容依旧灿烂，酒窝仍然抢戏。

然而，才三十岁左右的死，到底哪里厉害了？！我疑惑着……

从机场回家的途中，小志一直试图询问我发生了什么事情，可是我的嘴唇紧闭，半个字吐不出来，却临时要司机改变了目的地，我想要，直接前往阿卡的家。

高速公路沿途的景色每一段都没有太多变化，然而，我心里的画面，却是一段段切换个不停……

忽近……忽远地……

最后一次见面，应该是我的婚礼上，也就是我出国的前一个礼拜。

阿卡带着他的太太茱利，还是茱利亚的（他们结婚了五年，我总是记不起来），出现在我和小志的喜宴上。

阿卡牵着老婆的手，从电梯出来的时候，我在远远的地方，就看到阿卡亲昵地亲着老婆的脸，那种甜蜜，有如模范夫妻一般。

不过，坦白讲，这也不是第一次见到了，我知道阿卡找到了心目中的完美女人，我当然，替他高兴……

"Bebe，恭喜！总算，你也找到了你的满分男人，果然是高标准……"阿卡一边笑着说，一边和我身边的小志热情地握着手。

我则是满脸笑意地和阿卡身边的女人，礼貌性地拥抱了一下，接着，我就被后面更多拥上来的宾客给分散了注意力。

在那种喧闹吵杂的场合当中，我最后又在远远的地方，看到了阿卡和他的百分百女孩两个人互相额头碰额头，亲昵地咬着耳朵。

我记得那时候心里对自己说的话：还好，我们后来都很好……

在高速公路上的车子，忽然被后面的大卡车闪了远灯，我结束了这一段记忆中的画面，却一下子跳到了大学毕业后，那次导致分手的吵架。

"……你可以把你的脾气改好一些吗？这样的话，你就会是我心目中百分百的女孩了呀！为什么，一定要逼我和你分开吗？"

阿卡年轻时候的自负，总是激得我的脾气无法平静，我不能理解，为何必须是我成为他的百分百女孩，而不是他成为我的高标准男人？

"你以为你自己很优秀吗？难道你就有达到我的标准？"我记得我回他这句话的时候，因为过于激动，声音都破了，而他，却还是可以在这种时候，挑我这种无聊的小凸槌。

"破音……逊……"阿卡的手势和轻蔑的表情让我受不了，就在这个时候，我终于爆发了出来。

"好呀我逊……那我们分手吧，你去找你的百分百呀！我打赌你找不到比我好的女人啦！再见！"我二话不说，上了自己的摩托车，就没有回头……

一路上我没有回头，在这段感情上也没有回头……

这时候，小志的车子已经开到阿卡家附近了……

"Bebe，你是要找……阿卡？"小志来过阿卡的家，是上一次我亲自送喜帖的时候，只不过，小志并不知道，我这时候脑中浮现的，却是我和阿卡分手的三个月后，那一次大学同学的聚会上。

阿卡谨慎地牵着某个女人的手，那近乎神圣的态度我这辈子几乎没有见过，更不要提说，在我们交往的那几年里，有没有被他用这种神情对待了。

"各位我亲爱的大学同学们，让我隆重介绍，应该是我这辈子评分最高的女人，也就是我现在交往的女朋友——茱利（亚？）……"

阿卡说话的态度以及肢体表现极为夸张，不过我和同学们也的确没看过这种模样的阿卡，似乎足以证明，他有多么喜欢这个女生。

然而那天晚上，多喝了几杯酒之后，我却趁着女主角上厕所的时候，糊里糊涂地说了些话。

"哪里百分百，哪里好？我看阿卡只不过是想要带来气我而已……本来就是呀，我看不出来，这女生哪里好……"

我说话的声音不小，我相信，阿卡听到了，我更相信，阿卡在这次聚会之后，火速举办的结婚典礼，只是为了要气我。

虽然每一次见到他们两个人相处的恩爱状，我那荒谬的念头，就又会被自己推翻一次，但，我不知道怎么可以感觉得到，事情，就是哪里有了问题……

否则，明明我眼中永远都恩爱的夫妻，怎么会在我结婚后没多久，阿卡就自杀呢？

"要进去吗？"车子停在阿卡家门口好一会儿，小志才有勇气打断我的思绪，询问我的动向。

"嗯……"我还是不想仔细说明，甚至，我自己也不知道，究竟这时候把车开来阿卡家，是有什么样的打算？

当我一按电铃，里面的人一推开门之后，我却傻了……

来开门的人不是别人，正是茱利（还是有亚？），但，她的模样颓废至极，令我难以想象，因为眼前的她给人的感觉，并不像是之前和阿卡恩爱的夫妻样，反而像是个多年吸毒，今天却临时被我打扰的毒虫。

"我想……见见……阿卡……"我说。

"嗯……"女人将手中的烟给灭了，但疲倦的神色里面，却有种说不出的诡异，如果真要我形容的话，我会说：阿卡死了，这女人，却似乎一点也不哀伤……

我缓缓地在阿卡的灵前上了香。

我不想承认我自己的想法是对的，于是，我试图从和这女人的对话之间，找出女人对阿卡的怀念。

小志，则是直挺挺地，站在我身边。

"阿卡怎么走的？"我说。

"上吊……用了延长线的电线……"女人说。

"多久前的事情？"

"五六天吧……"

"你看起来不太难过……"

"……"女人沉默了。

"他对你这么好，把你放在心中第一位，你怎么可以用这种表情，说那样的话？"我忽然失声大叫，就像是收音机的音量，不小心被人转至最大声，那是相当惊人的。

然而，女人并没有被我惊吓到的迹象，只是悠悠地看着我，带着疑惑的眼神，接着，她终于说出了解除我迷惑的话语。

"Bebe……对吧，看到你这么难过，我终于知道这几年来是怎么回事了，你当然认为我们很好，那是因为每次在你面前，每次你出现的时候，阿卡那混蛋就变了个样，原来……我今天才想通了，怎么这家伙是双面人呢？一下子对我超级温柔甜蜜，一下子却对我嗤之以鼻到了极点，原来，是演给你看的猴戏呀！"

女人的回答，不但说明了一切，更证实了我的疑惑……

果然，阿卡不是真正喜欢这女人，只不过是在有我的场合里面，故意让女人的地位成为了百分百，只是故意想要气我而已。

可是，当阿卡发现我结婚了以后，他终于崩溃，因为他自导自演的爱情戏，不但流失了最后一名观众，他也失去了粉墨登台的意义……

当我恍然大悟地倚靠在阿卡家墙壁边时，小志冷不提防地说出这么一句话。

"那你呢？还要继续演吗……？"

# 对的人

阳光和煦的午后，我听从查尔斯的话，来到了这间点心店。

店里面的装潢非常欧式，算是我个人喜欢的维多利亚风，我找了个角落的位置坐下来，准备迎接查尔斯的到来。

我的习惯是，提早三十分钟到约会现场，这样至少不会让人觉得有紧迫感。

我，就是不喜欢喧哗、不喜欢突兀、不喜欢紧张、不喜欢急促的那种人。

点了杯花茶之后，我环视着店里面的摆设与装潢，不知怎么地，一种似曾相识的印象在我脑海中浮现。

我忘了是我曾经看过这样的场景，还是有人和我描述过类似的风格。

店里面除了我之外，大约有八成的座位都被坐满了。

我习惯性地观察了一下四处的客人，却发现了一种异样的气氛。异样的意思是，这些人里面有绝大多数的人都是认识彼此的，因为他们总是在与不同桌的客人们交换着眼神，很像是武侠小说里面，常描写的"埋伏"在客栈里面的"暗桩"。

我当然不认为会有人选在这样的场合要暗杀谁，只不过这种氛围，也的确吸引起我的注意。

我开始，更加仔细地观察起每一桌的客人。这一看不得了，因为，我竟然在某一桌的客人里面，看到了我曾经看过的脸孔。

霎时之间，我还想不起在哪里见过这位"隔壁桌"的陌生人，但是当我在记忆里稍微搜寻之后，我总算，可以确认这位小姐的身份。

那是一位叫美娜的上班族，会认识她的原因，是因为她是我前男友威廉的表妹。因为想起了威廉，也就想起我曾经和他交往过的三年。

威廉不是个坏人。我们分手的原因也不是因为有人对不起谁，而是因为他的行事风格，和我追求的人生态度，实在是有相当的落差。

当我想起我们分手的来由时，我总算是想起了这个维多利亚风格的场景，我在哪里见过。

那就是我和威廉最后见面的地方。

那不是一段美好的记忆。虽然，那天的他，精心设计了一切。

一样是在这样唯美的餐厅内，威廉安排了许多亲朋好友，纷纷乔装坐在这个餐厅的每个座位上，然后约了我，座位就在餐厅的正中央。我事后发现，这个正中央的位置，刚好是餐厅里面的每个人，都可以清楚看到的焦点地段（这点让我相当厌恶）。

接着，在我不知情而用着晚餐的情况下，一名小提琴手忽然现身在我们身边，紧接着威廉下跪，并从口袋内拿出钻石，全场的观众忽然像是排练好一样，依序起立唱着一首我没有听过的英文歌，但我大概从歌词可以听得出，就是类似"嫁给我"之类意义的内容。

那当下，我在一种"囧很大"的情绪里面，发现了至少有四处以上的摄影机，正在拍摄我们。而这件事情，真的踩到了我的地雷。

我真的不懂，如果你要求婚，为什么一定要让全世界都知道，甚至，还要放在网上供人浏览？！为什么不能让回忆，放在我们彼此的心里面，等到我们俩人在多年后不经意想起的时候，四目相视，淡然一笑，那不就是这世界上，最美好的心有灵犀？！

显然，威廉完全不是这样想的。

歌曲唱完之后，开始有拉炮、有气球、有彩带，甚至还有小女生冲出来牵住我的手，接着全场的人大叫。

"答应他，答应他！嫁给他，嫁给他！"

我整个人尴尬到无以复加，就在这个时候，我无助地看向我那前男朋友，他的脸上，不是露出"嫁给我"的表情，而是"你看，很棒吧"的得意笑容，事情至此，我终于爆发。

"闭嘴……"我很想真的大叫出来，然而，我只能在心里面呐喊。然后，我不说一句话，离开了现场，留下了一整间不知所措的亲朋好友。

当然，我们分手了。

就在我回想这些往事的同时，我发现那位美娜小姐，也发现我了。

她的眼睛睁得很大，连忙向其他桌的人打暗号，只不过，事情似乎已经太慢，我在餐厅的中央看见了一桌主桌，也看见了威廉，很显然，当年发生在我身上的事情，今天在这个地方，将要再度重演。

小提琴手现身了，紧接着，威廉下跪了。因为他们的位子就是很抢眼，因此，我就算坐在角落边，也可以很清楚地看见那位女士的面貌，很清秀、很可爱的一个女生。

我还来不及多想，那首"什么什么嫁给我"的英文歌，又开始重唱了。一桌一桌的人轮流站起身来欢唱，尴尬的是，有几桌的人站起来的时候，眼神不小心瞄到了角落上的我。显然，大家都没有忘记两年前的回忆，因为那一瞬间，每个人的表情都不自主地僵了一下。

很快的，彩带、气球什么的高潮戏到来，小女孩围绕在未来姻亲的身边，等着她说"Yes"。

气氛一时之间涨到最高潮。

我在一旁看着。

这一次，我比较没有那么不自在了。当然，也有可能她们这次彩排过了，更加熟练了。至少两年前对我的那次经验，算是有过一次"正式演出"，因此帮助了这次成功的机会也说不定。

然后，我看到了不可思议的景象，女人，哭了……

她对着威廉，娇羞地点着头，甚至小小声地说出："我愿意。"紧接着，大家都疯狂了，每个人都兴高采烈地叫着、呼喊着……

有那么一瞬间，我忽然觉得，似乎，我才是那个不懂风情的人……

我黯然地看了一下手机，发现查尔斯和我约定好的时间已经过了，然而我如果继续待在这个场子，似乎会有更尴尬的状况产生。于是我蹑手蹑脚地走到柜台结账，想要赶紧离开这个地方。

柜台人员结账的时间有点长，以至于被人群包围住的威廉，在这个空档发现了我的存在。他先是一愣，然后带着点尴尬。

　　我知道那表情的含意，毕竟，他曾经对我说过"这世上只有你"之类的承诺。

　　而今天，却让我碰见，他用了相同的规格，对待别人。

　　我其实是不在意的。

　　于是，我给了威廉一个微笑，然后威廉也笑了，我从容地推开门，离开了这家店。

　　外面的空气虽然冷冽，但不压迫人。

　　正当我想要打电话责怪查尔斯的时候，我才发现，查尔斯就站在门口，一脸为难的样子。

　　"你迟到了……而且，为什么不进去？"我说。

　　"对不起……我其实没有迟到……"

　　"你要用什么借口？"我开始有点不悦。

"我十五分钟前就到了，可是到了门口，我就听见里面的喧哗声，我真的很没办法接受这样的场合……所以，我想说干脆等一下……结果你就走出来了……"查尔斯的表情充满着无奈，但他万万没想到，这段话，影响了什么结果！？

我的气因此消了，甚至心头感到一阵暖意，某个念头，就这样跳了出来。

"陪我去一个地方好吗？"我说。

"去哪里？"

"我想看看婚戒……"我淡淡地说。

"嗯……听起来不错……走呀……"这时候查尔斯的手，紧紧地握住了我的手，我就喜欢这种感觉……不说太多，不做太多……

# 擦枪走火

当小陈的车子开到了我家门口的时候，我开口打破了沉静。

"小陈，我知道我们不熟，但我还是很想问你……男人面对柔弱的女人，是不是很容易擦枪走火？"我说。

基本上在公司里面，我和小陈是处在一种"没讲超过五句话"的关系，他显然听到我的问题后，也有点惊讶。

"看人吧……女孩子的确容易激起男人保护的心态……"小陈看着前方的挡风玻璃说着。

"嗯……谢谢你送我回家……"我打开了车门，往路旁我家的大门走去。接着我听见，小陈的车很快就开走了，这不是我习惯的流程。

和强生交往三年了，向来都是他送我回家，把车停靠在路边，送我进家门，陪我聊天，等到我困了他才会离去。因此，我非常不习惯这一个礼拜的生活——偶尔被陌生的男同事送回家的生活。

进了房间后，我拨了电话给他。

"喂？"电话那头传来了强生的声音，但光凭一个字的口气，我就可以判断，他身边还有别人，因为强生私底下和我说话的语气，是超级温柔的。

"还没回家？"我问。

"嗯……"

"还要多久？"

"再一两个小时吧……"强生的语气很平淡，就像是在告诉身边的人，"只不过是普通朋友"打来的一般平淡。

我抬头看了一下挂钟，时间已经显示晚上的十一点半了，再一两个小时的意思是要到半夜吗？难道要过夜吗？

"嗯……回家打给我……"不想让他在人前难堪，我只好假装坚强地撂下这句话。

"嗯……"只不过挂完电话后，我的手机，在那个夜晚就再也没有响过了。

我彻夜未眠。

失眠的凌晨三点半，我想起了一个礼拜前自己的大方，我不禁嘲笑起自己的愚蠢。那一天，强生接到了美琪的电话后，揭开了我悲剧的序幕。

"阿sa，美琪你记得吧，我同事，上次唱歌时你见过的……"强生说。

"记得呀，就……很娇小的那个对吗？"

"她刚打给我，被甩了……现在一个人在夜店，想找我过去聊天……"强生看着我的眼神，有点请示的意味在里面。

"该去就去吧……站在同事的立场上，你去关心一下人家吧……"我真的不是假装大方，我会说得那么自然，是因为三年前我会和强生开始交往，就是被他体贴、擅于照顾人的细心所打动。因此我相信身边的朋友有问题时，想要找他聊天是很正常的事情。

只不过，这一去，就是整整一个礼拜，强生几乎天天都和那个美琪在一起，就连刚才我打电话过去，从他语气听来，他都应该还在对方身边。

等了整晚的电话，却依旧没动静，我赶在早上上班之前，又拨了一通电话给他。

"早呀，强生……"我刻意让自己说话的语气正常，因为我不愿让他认为我等了一个晚上，因为我希望他觉得，我相信他。

"早……阿sa，我好困哦，晚点打给你好吗？"听得出来强生的声音是含糊不清的，也很容易让人家推测，他整个晚上，都没有睡觉……做什么去了呢？

"女孩子的确容易激起男人保护的心态……"小陈的那句话，不知怎地，重复地出现在我的耳际。

而这样的情况，并没有改善。一周、两周、三周……我知道自己的情绪，已经到了一个不吐不快的临界点，就在这个时候，强生主动打了电话约我。

"阿sa，明天下午我们见个面吧……"这个月内，除了有一次短暂的一起吃过饭，我们两个几乎没有时间好好谈过。

我心里清楚，已经到了要摊牌的时候……

在知名电影院的广场前，强生很帅气地站着。

"呼……阿sa，总算告一段落了，我想，是时候该停止关系了……"强生的开场白在我听来，虽不惊讶，却依旧刺耳。

"你想停止了，是吗……"我的声音微微颤抖着。

强生深吸了一口气，把这个月我最想知道的内情，说了出来。

"这个月一直陪美琪，真的出了点问题，她把依赖我的感情，当成了喜欢我的感情，但我知道呀，对她来说，只是一种移情作用，我虽然照顾她，陪她讲话，但我不喜欢她，因此我告诉她，要停止这种情况了，我要把时间，还给我的女朋友了……"

强生说完后，我终于恍然大悟……强生，并没有擦枪走火……

只不过……

"可是……昨天晚上，我和小陈接吻了……"我无法隐瞒这部分事情，虽然残酷，但这一个月的陪伴，反而让我感受到了小陈的体贴……

就像小陈说的话一样："女孩子的确容易激起男人保护的心态……"

# 魔女家丽

当俊明和我在一起缠绵时，我的心里面，也得到好大的慰藉。

这几个月的辛苦以及付出，总算在这瞬间看到回报。

半年前，第一次认识俊明的时候，是在一堆姐妹淘当中，而我闪闪躲躲，并不敢和他说话，原因很简单，只要你见过我，你就会了解。

我的眼睛不但小，而且眼角是下垂的，但因为下巴特别突出的缘故，小眼睛这件事情反而在我的脸上不算太抢戏。除了脸以外，更可怕的是，我的胸部平坦，但我并不瘦，你可以想象，一个微胖的女生，却有着看不出胸部的身材，在脱掉衣服之后（其实脱掉之前也差不多啦），我会有多么自卑。但，不管我长得多么不好看，我终究是个女生，一个会喜欢上男人的女生。

在那天聚会之后，我爱上了俊明。

俊明很阳光，我认为他的心地更美好。会让我如此喜欢他的原因，就在于他们一群男生里面，只有他愿意多和我说几句话，只有他会挺身而出，在被包括他的朋友以及我的朋友嘲笑我的长相时，帮我说话。我真的，非常非常喜欢他（虽然我相信，他连我的名字都不知道）。

但我也很清楚，要不要交往，无关乎歧视与否的问题，以我的外形，要和他交往，甚至于手牵手走在路上逛街这样的事情，连我自己都无法接受，更不要说是他了。所以呢，当我的爱意满出了我的理智线之外，我做了一个我这辈子都没想象过的决定——我要去整型。

这个决定需要花费的不是"观念的改变"这一点这么单纯而已，这还包含了"大量金钱的支出""身体上的痛苦""对未来的不安"等，各种层面。

然而，不管怎么样，为了俊明，我毫无所惧，拿出我这五年来的积蓄，下了一个这辈子最大的赌注。

手术、复健、休养，就这么每天每天地折腾之后，我终于得到一个全新的五官，还包括了几可乱真的胸部，附带赠送的好处是，因为动手术的关系，害我无法正常进食，到我完全复出的那天，我竟然瘦了 10 公斤左右。

可以想象的是，我变成了一个又苗条、五官又正、身材又有曲线的女人。然后，我决定对俊明展开攻势。

在他的面前，我没有刻意隐瞒我的名字，虽然我其实可以这么做。

"我叫家丽，你应该不记得我了，在半年前 Ruby 的生日会上，我们见过面……"

"是吗? 那天真的太多人了，不好意思，我没有什么印象了……"

"没关系，但我对你印象很深……"我并没有说出当时大家嘲笑我的经过，因为我不希望在俊明的心中，让那个形象和现在的我有任何关联。

事情很顺利，我和俊明一路从约会到交往，畅行无阻，但我的心里面，总还是会隐约藏着不安，我很怕俊明识破我的人工，想起之前那个我。

在第一次和俊明要发生亲密关系的时候，我的情绪相当复杂。一方面我又兴奋又开心，另一方面我又怕这么近距离地接触我的身体，会让俊明发现了什么! ?

于是在床上，我没有刻意去阻挡俊明的动作，只能够在心里面暗自祈祷着俊明不要发现任何异状。

过程就在这么奇特的心理状态下完成了。

我看得出来，俊明很满足，他是开心的。于是当下我也没有说什么，只是静静地躺在他的怀中。

就这样过了半小时之后，俊明忽然站起身来，要我和他一起到电脑前面。他说，他有东西想要给我看。

我跟着俊明走到电脑前面，接着俊明熟练地操作着鼠标，忽然点出一支影片，那影片的画面和声音，都让我整个人像是被铁棍从后脑勺敲了一记般地恍神。

那是刚才我和俊明做爱经过的影像。

俊明竟然把它录制下来！？我心里面的某只魔鬼，在这个时候倏地膨胀增大，我知道，事情走到了最令我不能接受的地步……于是，我的杀戮人格，悄悄地取代了我的正常人格……

"我早就知道你是谁了……我朋友们还说不可能……你就是半年前那个眼睛小小的女生对吧？"俊明一边看着电脑屏幕，一边轻松地说着这些话。

站在他的身后，我看不到他的表情，就像他也看不到我手上拿起的水果刀一样……

"我很想对你说的是，手术很成功，你现在看起来都很好、很美……"俊明的话说到一半时，他就发现不对劲了，我相信他已经看到水果刀没入他的喉咙，导致他说话到一半时，喉咙涌出的鲜血，阻碍了他的发声……

"我知道你想要拿这个影片去和你朋友说，你赢了，对吗？你好棒唷，你一眼就看穿了耶，好棒哦……"我冷冷地说，并且顺势将水果刀拔出又再插入。

俊明挣扎地倒在地上，似乎还想说些什么。

"你…… 你…… 我是想…… 和你…… 和你，在…… 一起的…… 我是……想……"俊明在死亡前，还在说谎话，这行为，令人完全无法接受，不能饶恕。

接着，在我又拔出插入了两次的水果刀之后，俊明就不再开口讲话了。

当我恢复冷静之后，想着俊明死前说的话，让我有些好奇，于是，我从俊明的皮夹当中找出了他的身份证，看见了令我惊异的画面。

身份证上的男人照片，根本不是俊明。照片上的男人眼睛又小、眼角又下垂，鼻子还是朝天鼻，甚至牙齿一看就知道齿列不整到了极点，和现在大眼帅气的俊明，根本是两个人……根本不是同一个人呀……

我站在俊明身体所流出的整片血泊中，傻傻地笑着……

# 酒后的心声

或许是因为压抑太久了，我断然没想过，我会在那样的场合里面，讲出了我心里的话。

"小梅，是真的，我暗恋一个人好久了……"小梅是我同事，也算是公司里面的好朋友，小我一岁。

"你不是说……今天是要来听我在公司里的苦水吗？怎么变

成你在讲了……"

"你听我说，你听我说啦……"我讲话的声音忽然大了起来，幸好，这里是酒吧，原本就吵闹。

"好好好……你说，你说……我在听……"

"我喜欢我们公司的一个同事……很久了……"我真的是事后，听小梅转述，我才知道我对她说了什么。

"谁呀，你说呀……讲得那么痛苦……"那时候，小梅其实也已经茫了。

"就是……就是……就是……李……大同……"听说，我说完这句话之后，我就开始吐了，而且，就吐在人家的吧台上面……超级糗。

后来的回忆整个断片。过了两天之后，我在公司里面遇到小梅，免不了，要被人家亏一下。

"文文姐，你到底记不记得，那天晚上，我们去酒吧，你说了什么话？"对，文文是我的名字。

"不记得，怎样，喝醉酒是不能乱说话的吗？"我很想要无赖，因为这种事情，最好可以消除掉小梅脑中关于我出糗的记忆，也消除掉我说过那些话的片段。

"你说，你喜欢……"小梅话没说完，已经被我用手把嘴巴给捂住。

"小梅，别这样，别在我伤口上撒盐，你知道，我是真的很痛苦，就不要故意再糗我了……"我知道小梅不是大嘴巴，可是我对于自己这么的不小心，还是觉得很痛苦。

自从三年前进公司之后，我就认识了李大同这个人。

他的长相一般，也不会特别打扮，甚至就我看来，应该工作能力也算是普通，只不过，我却曾经听过老板在月会上，特地夸奖了他。

"李大同，最近业务干得不错，继续加油……"我记得，当时李大同的脸还涨得通红，可以想见，这个男人也很内向。

其实，引起我注意的，并不是老板讲了什么，而是去年尾牙的时候，李大同上台唱了一首歌，重点是，他唱歌也没有多好听，特别的是，他选的那首歌曲。

那是我最爱的歌神高伸介所发行的专辑当中，没有被当作主打歌的冷门歌曲。

但，我超爱。

从没想过会有人和我有类似的品味，也因为这样，我开始注意起李大同，开始发现他有多早搭公车来公司，开始了解他每天都加班到多晚，也查到这个大男生，竟然还痴情地想着前女友有一天会回心转意，然而那段恋情，根本就已经结束了三年……

总之，我无法判断自己是什么时候开始喜欢上他，我只能说，我现在，真的很喜欢他，很想对他说出我的心意，那程度已经到了"再不说出口，我的胸口就会爆炸"的地步。

自从小梅知道这件事情之后，就不断地帮我想馊主意。

"难道你就不能很自然地开口告诉他，你的感觉？"

"我不敢……"

"那你怎么敢和我说……"

"那不一样呀，你又不是当事人，我当然可以说呀，更重要的是，那天晚上，我喝了酒……"当我说到这个地方时，小梅的眼神，忽然亮了起来。

"这就是方法啦……"

"？？"

"找——他—— 喝——酒！"小梅讲的时候，表情超得意。

我不置可否。然而，小梅已经开始执行计划了。

首先，要让李大同和我单独出来喝酒，这事情有点难度。

小梅用了公司福委会的身份，约了李大同，并告知还有其他同事要替某位同事庆生，于是，李大同自然就答应了。

接着，当然就是一个人都没有前往，只有我和李大同两个人到。

很显然，一开始十分的尴尬，毕竟，我们两个人在公司的时候，其实讲的话没有超过二十句。

"不然，我们就喝点酒，然后各自回家吧……反正，人都已经来了……"我硬着头皮说谎话，事实上，我真的很紧张。

李大同点了点头。

在那之后，我们各自先灌了四五杯的啤酒，然后又点了调酒。

原本两个静静坐在酒吧角落的人，酒精开始催化之后，忽然，开始聊天了。

"原来如此……那你还会想念你前女友吗？"我满脸通红地说。

"会呀……我就是会想起，她喜欢吃芋头，她喜欢吃意大利面的嗜好，或者是喜欢听 Sade 的音乐……"这时候的李大同虽然也是脸红得像只猴子，而且满嘴说的都是前女友的事情，但我觉得他好可爱……

"你应该忘掉过去，开始喜欢别人才好……"我借机鼓励他。李大同先是沉默了几秒，接着对我说。

"那文文你呢？你怎么也不交男朋友……"

叮咚！

当李大同问我这句话时，我心中响起了正确答案的音效声，没错，这和一开始预期的一样，而现在有着几分酒意的我，我相信，我说得出口。

"我不是不交，是因为我有个暗恋的对象……你知道暗恋的感觉吗？每天看着他，但是自己就是说不出口，你知道那感觉有多难受吗？"

没想到这时候李大同一拍桌子，着实吓了我一跳。

"我懂，我完全懂！文文……"或许真的是喝多了，李大同这时候看着我的眼神里面，我竟然感受到了浓浓的爱意，这是股动力，我告诉自己，一定要往下讲。

"但是今天，我一定要说出来，我认为，不管是谁有暗恋的对象，一定要说出口，不然怎么会知道成功与否呢？"

"对，你说得对……"李大同发了疯似的大表赞同。

"我喜欢的人是……"我的话没说完，却被李大同给打断。

"小梅！"他说。

"不是，我怎么会喜欢小梅……我又不是……"然后，我再度被打断。

"是我喜欢小梅……"李大同说完这个名字之后，自己吐出了好大一口气，紧接着就是一连串的大笑。

"哈哈哈哈哈，我说出来了啦，太棒了，我真的说出来了……哈哈哈哈……"

当然，在狂笑的李大同面前，就是一脸酒醒的我。

毕竟，李大同说的这个答案，是我完全没法预料到的。

"文文，太感谢你了，我真没想到，我会说得出口……对不起，你刚才本来也是要和我说，你暗恋谁，对吧？"李大同此时天真地看着我，一时之间，我还真不知道该怎么回答。

"没有……我想到的是很久以前的学长啦……好啦，我们也喝得差不多了，要不要就回家了？"我整个清醒，只想尽快离开这个地方。

"好呀，那我先去埋单顺便上厕所……"李大同站起身来往洗手间的方向走去，而我整个人，还处在一种无法接受的情绪当中。

噔噔噔。这时，我手机的 APP 信息杀至，那是小梅发来的文字。

"如何？顺利吗？"我看着屏幕，一点都不想回复。

呆了几秒钟之后，我又听到了手机传来的声音。

噔噔噔。只不过这一次不是我的手机响，而是李大同放在桌上的手机。

我不经意地看了一下他的手机屏幕，看到了"来自小梅的APP信息"几个字。我忍不住好奇心，于是点开了李大同手机里的信息。

"一定要讲唷，虽然我们不公开交往，但，可千万不要让人家误会，毕竟，我和文文姐的感情还是很好的……"

# Power

　　我一个人，坐在贵妇百货的一楼广场边的椅子上，揉着我自己的脚踝。

　　没有一个人，经过我身边的时候，会投以任何同情的眼光，假如说，我是直接从三十岁的那一年，跳到六十五岁的现在，我一定会无法接受这种情况，甚至有可能会羞愧而死。

毕竟，在三十岁以前，我是那么的受欢迎，那么的吸睛，就连女人看见我，也都会不自觉地脸红了起来。

我的名字，叫作乙美。也因为我的名字听起来太像艺名，因此就算踏入了那个世界，我也不曾改过名字。因为所有的人都以为，那就是艺名。

那是一个灯红酒绿的世界。

我总是说，我十八岁那年出道。

事实上，根本是谎报。为了要赚钱，我从十五岁就开始在店里面上班了。

那时候的酒店分得很清楚，有些女人只陪酒，有些女人肯卖身，当然，大部分所谓只陪酒的女人，最终，还是很多人都卖了身。

那，不包括我。

在某一次被某个角头丢出五十万钞票，要我陪他过夜，我拒绝，之后又拿刀在我手上划了一道疤，我依旧拒绝之后，我的名气，从此传开。

"乙美拒绝了五十万过夜……"

"五十万？那她一定很美？"

"听说美到不行……"

"这个行业最美的就是她了……"

那时候没有网络，但是消息传递得比现在的什么脸书还要快，店里面因为我的关系，生意多了两倍，身边的姑娘们也因此获益匪浅，一时之间，我成了店里面的招牌，成了老板眼中的摇钱树。

当然，还是有客人出价钱要买我过夜，一个晚上超过五十万的大有人在，然而，我依旧全部回绝了。

我记得有一次最大的排场，是在某个大老板们的聚会。

其中包括了大银行的老板，还有跨国企业的执行长，两个人分别带了十几个看起来像是小弟的员工，来和我吃饭。

据说那一餐的内容，称得上是山珍海味，但是我，只觉得一般。

执行长叫了一位小弟专门在旁边帮我倒酒，我还记得，他看到我的时候，整个人连话都不会说了。

"我我我……我叫……"最后有没有讲出名字，我也忘了。我只能用这样的事情来描述，我在那个年代，到底有多受欢迎。

当天晚上，两位大老板都开出了不可思议的天文数字，要我陪他们一晚。

我依旧，拒绝。

在那之后没多久，家中因为父亲所背的债务，逐渐还清了，我的心情，开始开阔了起来，我知道，我想要谈个恋爱，那一年，我也已经二十九岁了。

在一次吃饭的场合里面，我认识了一位叫作健二的导演。

这个导演年纪和我差不多，正打算在电影界打拼，他充满了理想，虽然没什么钱，但是我却爱上他的志气，爱上他的梦想。

于是，我们开始交往。

这一年期间，健二还没有开始拍电影，最多是接到副导演的工作，但是我的存款不少，于是我们之间，等于是我在养他的一种关系。

健二很感谢我，但我认为这没有什么，我支持他，也相信他。

终于，在一年之后，健二当上了导演，甚至开始有了名气。

我并没有意识到，开始成名后的他，想法和个性上都有了转变。还是一味地帮助他拍电影，甚至把我的钱先挪用给他当资金。

没想到，他不但在外面养了女人，所拍出来的电影，更是一败涂地。

当他花完了我所有的钱，还有我对他所有的爱之后，我决定离开他。在三十五岁那一年，我离婚，回到那个原本花花绿绿的世界里面。

一切，都已经人事全非。

一开始依旧有人像以前一样，打算花钱买我过夜，我还是，拒绝。但是后来传出去的闲话，可就没那么动听。

"拜托，都几岁了，回来赚还摆架子……"

"她以为自己还像以前一样……"

"老很多了……"

我不在乎这些话，但老板在乎，甚至，老板更在乎我的业绩没有以前那么高，而且是每况愈下的趋势。

做了两年，老板劝我退休，我虽不情愿，也只好离开。

只不过，一个快要四十岁的女人，到底还可以做什么？

我开始去走唱，也开始去帮人家洗碗。日子虽然辛苦，还是过得下去，偶尔，会有一两个大老板像是认出我来的样子，看着我说："我们，是不是见过呀？"但我不会承认，甚至在这个时候，我才真正隐藏了自己的名字，随便讲了两个字，就省得人家认出我。

养活自己还可以，但我坦白讲，我真的，不知道这个人生，还有什么活下去的意义了……

有时候，我问自己，当年在坚持什么，我没有得到好处，我的风骨，更不会有任何人颁发匾额给我……

我的人生，其实是，毁在自己的个性上吧……

"你是，乙美小姐吧……"原本低着头揉着脚的我，被这句话叫得抬起了头。

在阳光下站立的这个男人，因为背光的关系，导致我并没有看得很清楚。

"你是……？"

"你认不得我啦……不可能认得的……"男人说。

过了几秒钟之后，我总算看清楚这男人的脸，约莫五十几岁的中年人，一身西装，感觉十分绅士。

"乙美小姐，当年认识你的时候，我还是个小弟，我跟在执行长的身边，有一次帮你倒过酒……你或许没印象，但我必须和你道谢，你是我的动力，我一直想要出人头地，想要赚大钱，就是希望自己有一天，可以和你吃顿饭，因为，你太有风骨了……"男人的五官虽然多了不少皱纹，但我，逐渐想起了他。

那位结巴的小弟。

我有点激动，就在我对自己人生感到怀疑的同时，竟然有人告诉我，他的人生因为我有了改变，只因为我的坚持……

我的眼眶泛红，实在不想被他知道我现在的窘境，于是，我起身就想离开。

但是，看来他并不只是想要认出我来而已。

"乙美小姐，我可以，请你吃顿饭吗？"他说。

而我的心头，因为这句话，变得很暖和。

# 心里话

最终，还是被你找到我了。

其实我一直希望你出去上班，不要为了我整天留在家里面，我也不希望我们的分开，是这样赤裸裸地面对面。

毕竟，那是很令人难过的。毕竟，我很爱你，我相信，就像你爱我一样多。

很多时候，我不知道我们的关系算是什么？或许你总是会把我当作女儿一样看待，但我不可能只把你视为一个母亲的存在这么单纯。

但不管怎么说，我知道，我很幸运，很幸运地在路边找东西吃的时候，被你和亚伯发现。

很幸运地，你们两个人在其他很多事情没有共识的情况下，却唯独对于要收留我的这件事情很有默契地点了头。

于是，我成为你们家里的一分子。

在我这即将要结束的生命里面，我好想对你说很多感谢以及愧疚的话。

然而你知道的，我说不出口的，所有的感觉我只能放在心里面，我只希望当我用我那看起来很想要睡觉的眼睛看着你时，你可以感受到我的情绪。

我对于小时候常常尿尿在沙发上这件事情，感到十分的抱歉。然而当我意识到，原来那里是不应该做那行为的时候，那套旧沙发早就已经被你换掉。

我也很愧疚地想说，当我在长牙齿的时候，我不应该将家里的装潢都给咬坏。

你知道，像是桌脚或是任何木板边缘的物品，对那个时期的我来说，都是一种挑战。我必须用我的牙齿和它们对抗，看看谁比较硬，这样我才能证明，我拥有一口好牙。

另外一件我很想说对不起的事情，就是我偷偷地藏了很多东西，以及损坏了很多你充满回忆的物品。

我记得，最让你生气的一次，是我将相簿给咬烂了，我不但弄坏了相本，我还咬碎了好几张你珍藏的照片。尤其那一次，是在亚伯过世之后一个月左右，你还沉浸在失去他的哀伤当中。

我不曾拥有过亲密爱人的关系，因此我不知道失去亚伯之后，你有多难过，虽然我也很伤心，毕竟亚伯对于我而言，就像是个爸爸一样的存在，但我更关心你，我更希望你可以走出悲伤。

在我们相处的这十个年头的每一天里面，我最喜欢的是就寝时刻。我喜欢跳上你们的床，挤在你和亚伯当中，让你们两个人，一边各用一只手和一条腿环抱着我。虽然有时候那让我感到很热，但我真的好爱那种感觉，那总是会令我在很短的时间里就睡着。

我也喜欢在门口等待你们回家的时候，见到你开门，我总是会开心地转着圈。我不知道你是否还记得，有一次我因为太兴奋，我的头还因此撞到了门，发出了巨大的声响，你和亚伯两个人因为这样笑弯了腰。

我最害怕的是亚伯抓着我清理耳朵的时候，另外我也喜欢亚伯带我出去捡球和丢飞盘。这些都是我的回忆，我希望我可以带着这些东西走，因为我不希望到了另外一个世界，我会忘记这一切。

最终，还是被你找到我了。

"露西，你怎么在这里呢？困困吗？"你用着和平常一样冷静的口气对我说话，一样的叠字，就像在哄个小孩一样。

我动不了了，我甚至连转动眼球都有困难。

自从三个月前你带我去兽医院回来以后，我就大概知道自己的时间差不多了。

或许，就是今天了。

你拉着我的手，将我的身体拖到客厅，并且在地板上铺了一张毛毯。

"会冷冷吗？"你没有停止对我说话，但我依旧无法反应。

如果我可以发出声音的话，我很想回复你："不要理我了，赶紧去做你的事情吧！"

你轻摸着我的头，顺着我身上的毛，来回不停地抚摸着。

"露西来家里的时候，只有这么小呢，现在都这么大了……"一边说话一边用手比着大小的你，像是想到什么似的，忽然站起身来离开，没多久，回来的时候，手上已经多了个玩具。

"露西你记得吗？你小时候最喜欢的球球……"你把球放在我的面前，让我就算不抬头也可以看到，然而我只能喘气。不停地喘着气。

你温柔地将手指放在我的眼角，细心地帮我擦去眼屎。这动作，你已经替我做过了无数次，但每一次你这样触摸我，都让我好感谢。

但，我的眼皮已经越来越沉重了。

我喘着气，听到你哽咽的声音。

"露西，如果你去到那边，帮我看下亚伯过得好吗？然后，你们两个在那里，要一起好好生活，互相照顾哦……"你的这番话，提醒了我，在我从兽医院回来之后，我就一直想要做的事情，差点儿给忘了。

但我真的觉得好累哦，我似乎无法顺利移动我的身体了。

我呜呜地叫着，好像我全身上下只剩下声带可以有一点点作用。

"怎么了？露西，你怎么了吗？"你或许察觉我想做些什么，于是你吃力地把我的身体扶起来，让我可以试着用四条腿勉强地站立。

"想去哪里吗？"

我拖着沉重的身躯，一步一步地往沙发走去，那速度，慢到可能连只乌龟都不如，而我这最后的体力，也只能让我走到沙发前方，就应声倒了下来。

"怎么了你？露西，你想和我说些什么吗？"你很聪明，立刻就知道，可能我在沙发底下藏了什么，于是，你将沙发给推开。

接着，你露出了惊讶的表情。

因为在沙发底下，藏着我的心里话。

"这是我和亚伯的合照，还有我们三个一起的照片……我以为，都被你咬烂了……"你看着照片，眼泪流个不停，然而我的眼皮，却是沉重得足以让我睡觉了。

当时把照片藏起来，是不希望你每次看着照片就难过到无法进食。

我只想要抽走几张亚伯的照片，但你知道，我的牙齿和爪子，可没那么灵巧，我非得把相簿给破坏殆尽了才行。

原本还有我可以陪伴你，但是现在我也要离开了，我希望，我和亚伯的照片，可以和你一起度过人生中所有的关卡。

这些，都是我的心里话，如果可以的话，我真希望我能亲口说出来……

我试着想发出些声音，然而我真的困困了……

# 杀人犯

我觉得，今天不是我的日子——英文是这么说的吧——倒霉透了。

在这么不景气的年头，我的大学毕业文凭，看起来和路边的废纸没两样，好不容易降低标准，我花了七个月又十三天的时间，终于找到了便利商店店员的工作。

现在却让我对这个工作后悔不已。

原因是，现在不是大夜班，但是我却被一名手持尖刀的男人架着脖子，并且从我背后，紧紧地揪住我的头发。

我动弹不得。

虽然如此，我心里想的却净是那个最近常常爽约的男朋友——汉子。

只能说，我真的很喜欢他吧。

"过来！把店门锁上！"男人很粗鲁地要我从里面将便利商店上锁，我估计，这是因为他刚才进来时，吓跑了几名客人，男人担心他们报警所致。

我怯生生地弯下腰，双手颤抖到将平时熟练的动作，花了七八分钟才完成。

这下子，隔着便利商店的玻璃门往外看，外面开始聚集了一些人，我却依然没有看到任何警察前来。

我不会就这样死了吧……

"你叫什么名字？"男人问。

"怡……怡文……"我发现，我的嘴唇上下有胶着的状况发生。

男人依然是从我背后抓紧了我，但是他的眼神一直盯着外面的情况，就像是只老鹰一般。而我的眼神，却偷偷瞄着柜台边的水果刀——那是昨天我拿出来切芒果，忘了收起来的。

我心里想，只要一有机会，我也许可以……

这时我忽然觉得头皮不再紧绷了，男人的手放开了我，兀自掩着面，哭了起来。

我一时不知所措。原本心里想说，他只要抢了钱就可以走人，没想到，看起来像是有满腹的心事……

"你还……还……还好吧……没事吧……"我发现我唱歌时想要练习的抖音，在这时很自然地使了出来。

"我的女朋友……骗了我……女人……都是骗子……"男人的样子，看起来有点滑稽，但我这时候可笑不出来。

"怎么说呢？"我试图拍拍他的背，却看到玻璃窗外，警车上下来了几个警察，挥手示意，要我继续安抚男人的情绪。

"她骗我……她骗我……她说她只爱我一个人，没想到……她劈腿，和另外一个男人在一起……"男人抬头看着我，满脸泪痕。

不知怎地，我看得心头也一阵酸意。

正想安抚他时，男人一把抓住了我，再度将刀架在我的脖子上，面对着玻璃窗外的警察。

"你们，不要过来……不然我就杀了她……"男人大喊。原来，他注意到了门外的警察，已经逼近。

"里面的歹徒，放下武器，你已经被包围了……"透过扩音器的警察台词，有如警匪电影一般毫无创意。

男人将我抓到了柜台后面，躲了进去。

"我……我说呀……如果……是她劈腿……你应该去找你女朋友，而不是找我吧……"我的声音，抖得厉害。

男人这时将我抓到他的面前，铜铃大的双眼，直直地瞪着我。

"怡文对吧……如果是你……你怎么做……"我心里想着我的男朋友对我那么好，我才不会去做这种傻瓜般的假设。

"告诉我……你会怎么样做……"男人看我不吭声，生气地吼着。

我吓得裤裆都快湿了，闭着眼睛随口答复着："我会杀死她，杀死那个劈腿的人……"我含糊其词地说着。

男人看着我，眼神中充满了赞许，点了点头，他拿起手机，按了两则简讯，也不知道是给谁……

没多久，外面的警察又透过扩音器说话了。

"里面的歹徒听着，你的女朋友已经如你愿，到了现场了，她现在要进去了……"

"去把门打开……"男人示意我将便利商店的门打开，我照着办。

一会儿，一名娇小的女孩走了进来，却是面无惧色。

"大头，你到底在干吗？快把人家放了，听到没有！"看来，这名歹徒叫作大头。

大头一看到他女朋友来了，整个态度一百八十度大转变，松开了抓紧我的手，像是要去抱住那女孩。

"Barbie……你来就好了，你来就好了……"大头说。

我心里想，你刚才不是一直说要杀死这个劈腿的负心女吗？怎么人一来，态度就变了？！

"我们已经不能在一起了……你听到没……快放开人家……"Barbie似乎很有把握，大头不会对她有任何危险，讲起话来十分大胆。

　　大头的表情这时一下青、一下白，明明是妒火中烧，面对他女朋友，却又下不了手，进退两难之间，一伸手，又把刀架在了我的脖子上，我欲哭无泪。

　　"退后，退后！叫那个男的来，既然我杀不了你……叫那个男的来……"大头嘶吼着。

　　而我的恐惧感，在这时有渐渐下降的趋势，因为我发现大头，似乎只是个会虚张声势的男人，也难怪，Barbie会劈腿了。

　　Barbie这时看大头再度失去理智，无计可施，打起手机，看起来像是打给了警察。

　　Barbie讲完电话后，一时之间，便利店内只剩下我们三人，气氛诡谲。

　　"你们……在那旅馆内……做的事情……我在隔壁都听到了……"大头说。

　　Barbie的脸色闪过了一丝不悦。

"你是变态呀，竟然敢跟踪我，对呀，我是劈腿，因为他在床上，让我更爽，这样你高兴了吗？！"Barbie 火上加油，我则是汗流浃背了。

我的眼神，一直没有离开过柜台上的水果刀。

"里面的歹徒听着，你女朋友的朋友来了，他现在要进去了……"冷不提防，警察又开口了。

我顿时觉得有点搞笑，这班警察，似乎只是负责叫人进便利商店而已。

大头这时眼睛直盯着走进来的男人，抓着我的手，在这时候终于渐渐松开了。

我躺在柜台后面，干咳着。

"你……就是害 Barbie 劈腿的人……"大头的声音听起来，快要失去理智。

"你冷静点……是她自己说要和我上床的，不是我怂恿的……"男人的声音则是听起来充满了恐惧，感觉很孬。

"你闭嘴！你闭嘴！你闭嘴……"而大头的情绪，在这一瞬间几乎到达高潮，自己对着天花板怒吼了起来。

我则是趁着这个时候，站了起来，拾起了柜台上的水果刀——我睥睨许久的，三步并作两步，我双手紧紧握着水果刀，朝他肚子上刺了进去。

一刀不够，又一刀，再一刀。

大头傻了……看着我的举动，顿时说不出话来。

"你……做……什么……？"大头问。

我的双手抖着，抽出了那把刺进汉子肚子中的水果刀，不停地抖着……

"我会杀死他，杀死那个劈腿的人……大头……我刚才回答过你了……"我的双手和脸上染满了汉子的血，转头面对大头微笑着。

# 夫妻脸

要登机前往韩国之前，我还是在机场收到了一则简讯。

只不过因为母亲从三天前不停地劝阻以及多通反对的电话，让我在这时拒绝接受任何信息。我毅然地关上手机，决定不受任何人影响去改变我的生活。

而这一切的演变，都只因为布莱恩在迎新聚会上，所提到的理想伴侣论。

"我喜欢，有夫妻脸的另一半。"布莱恩如是说。

"如果我认为我们有夫妻脸，我会主动追求她……"布莱恩如是说。

当时进公司不到一个月的我，早就对布莱恩心动不已，这下子听到他这么说，我更是按捺不住我的冲动。

我提了辞呈，打破小猪储蓄罐，准备到韩国做个简单的整形手术。

我心里想，就算五官无法真的很神似，但至少要让我的神韵上，看起来很像布莱恩。

我还记得，拿着布莱恩照片给韩国医生看的时候，医生的脸上是讶异的，毕竟应该很少人拿异性的照片要做整形手术，大家应该都只是想要变美而已。

不过我想"夫妻脸"这种事情，搞不好韩国人的体会是没有我们来得深的。

两个月过后，手术成功加上术后保养完成，我回到台湾。

为了不让从前的同事们觉得我是为了布莱恩去做这样的事情，我决定暂时先用假名字、假地址、假电话，等到布莱恩真的决定和我在一起时，我再告诉他真相，我想，到那时候，他应该会感动我的用心良苦，而加倍爱我吧。

我顺利地用了新名字，重新回到了公司上班。

公司在我离开的这两个月内，人事也有了小小的变化，除了我离职以外，另外几个女同事也离职，而增加了几个新的女同事。

为了帮我迎新，公司同事照例又办了聚餐。酒过三巡之后，有些男同事终于又聊到了这个话题。

"沙丽，你的五官，看起来和布莱恩好像哦……"沙丽是我的新名字，当然我的心中听到这种话是窃笑的。

这时另外一个女同事走过来看了看说。

"还好吧，我们都觉得柔侬和布莱恩比较有夫妻脸耶……"这话，一下子打中了我的死穴。

我怎么可能不像，我可是按照布莱恩的照片去整形的呀！

当天聊到这话题时，布莱恩看起来并不怎么高兴，也许是酒喝多了，他的兴致不高，也就没有针对这话题继续谈下去。

但我心中充满了疙瘩。

毕竟我花了时间和大把金钱跑到韩国去，要的可不是这样的结果。于是我开始接近那位柔侬。

没多久之后我发现，柔侬的皮肤是过敏性肤质，只要有动物毛发，她的脸就会红肿发痒。

"这太容易了……"我心想。

我刻意在公司里面养了一只小狗，甚至送了几只小狗给周遭的女同事。如此一来，没多久，柔侬的脸色越来越差，过了一阵子之后，再也没有人会提出任何赞美她五官的话语了。

这让我的心里很得意，我的诡计得逞。不过，这并没有缩减我和布莱恩之间的距离。感觉上布莱恩心中有着忧虑，似乎对感情这档事，没有太大兴趣。

又过了几个礼拜的某一次聚会里，我终于逮到了与布莱恩独处的机会。

拿着红酒杯的我，试图引诱他说出他以前曾经说过的话。

"布莱恩，你喜欢什么样的女孩子呢？"

布莱恩看着我，笑了笑。

"我喜欢，有夫妻脸的另一半。"布莱恩如是说。

"如果我认为我们有夫妻脸，我会主动追求她……"布莱恩如是说。

很好，这和当初说的是一样的。

我借着几分酒意，大胆地问。

"是哦……大家都说……我和你长得有点儿像耶……"

不料，这时候布莱恩看着我，竟然苦笑起来。

"你……？不像。"布莱恩摇晃着自己手上的酒杯。

"我认为和我最有夫妻脸的人，已经离职了……我曾经试图找她，但她不理我。"

我的心里，陡然一震。一种最不可能发生的可能性，忽然在我脑中成形。

随便找了个借口，我离开了聚会，匆忙赶回家中，找出那部我出国前用的手机以及 SIM 卡。然后，我翻出了那则登机前我没有读取的简讯。

"我觉得……你和我有些许的夫妻脸……能试着交往看看吗？我是……布莱恩。"

我傻眼。看着手机屏幕上倒映的自己的脸，我瞬间觉得，可笑极了……

# 大家都说你爱我

"我说真的，我觉得孙教授，很爱你……"

这句话，从我进大学之后，已经听了不下百次。

重点是，每个人都这么对我说，但我自己，却一点感觉都没有，而且，我真的不懂大家为什么要特别把我和孙教授扯在一起，只因为孙教授和我一样很特立独行吗？

"Linda，你不懂，孙教授在学校太出名了，以至于他对你的态度，相对地让大家都觉得特别。"

我就不懂了，哪里特别？只因为我上他的课的时候，特别容易被点到，还是因为，我是他的班上分数最高的学生？

一个已经超过五十岁的教授，和一个今年要毕业的应届毕业生，硬要凑在一块儿，我真的不了解学校里的人，对这种事情的兴趣在哪里？

好死不死，这一天就在我等公车的时候，孙教授的车，慢慢地停在了我身边。

"Linda，回家吗？"孙教授摇下车窗露出了他不太有表情的脸说。

"是的，教授，不然你以为我要去玩吗？"

"呃……我知道你住木栅，上车吧，顺路，我可以载你一程。"我说呀，就是你这种举动吧，才引起人家误会的。

"……"我没有回答，看着马路后方，确实我已经等公车等了三十分钟了。

"好吧……"我有点无奈地上了车。

"不过，我不是要回家唷……你可以载我到西门町那边吗？"

"嗯！"孙教授也不多问，一路就将我送到了西门町附近。

"需要我等你吗？"孙教授在我要下车前，甚至问了这样的话。

"我想不需要吧。"我关了门，不太客气地说。

其实，我并不讨厌教授，也不排斥师生恋，更不在意老少配。

只是，我对于这种来历不明又什么话都不说清楚的人，觉得很不耐烦。

我进了西门町的某条巷子里，进到了一间装潢诡异的店内。因为我听说这里有一个很出名的灵媒，让我闻风而至。

"小姐，你想问什么？"灵媒的声音听来很低沉。

"爱情，我想知道我的恋爱……"这是我的目的。

灵媒端详了我一会儿之后，面带微笑地说。

"你的真命天子早就已经出现了，你刚才还见过他呢……"
听完这句话之后，我立马起身就想要离开。

"够了！"我真的觉得够了，为什么，大家都要说他爱
我！？

我一路走出店门，走出巷子，回到了大马路上，意外地，
我竟然看见了，孙教授的车，还停在刚才我下车的地方。

这下我真的火了。

我一路走到车子旁边，狂敲着车窗。

"怎么了？"孙教授缓缓地将窗户摇了下来。

"你够了吧你！没必要对我这么好吧，全世界都知道你爱我了，现在我也知道了，那你到底想要怎么样呀，不要以为你是教授，就可以什么话都不说的呀！"

我看见孙教授的脸一阵青一阵白，他应该没有被人家这样指着鼻子讲过吧。

"我……"孙教授一句话都说不出来。

我已经气到不想等他回答了，叫了出租车，我很快地就离开了现场。

坐在出租车上，我想起了大一时，我第一次上教授的课，自我介绍时的情景。

"大家好，我叫 Linda，我最喜欢吃的食物是青菜，最喜欢听的音乐是爵士乐，最喜欢看文艺片，尤其是《廊桥遗梦》。"

我记得，听完这些话之后，孙教授就傻了。

后来我就听说，孙教授是有名的怪教授，因为他总是会在学校的电脑用别人的账号密码登入脸书留言，然后离开学校后，再用自己的手机与他先前自己的留言对话。

就这样，每天自己和自己对话着。

不过除了这种类精神分裂症之外，他也称不上什么怪的，只是有点木讷，但对我真的很好……

在我回想起这些事情的同时，我忽然看见出租车外的车道上，孙教授的车追了上来，没多久，他的车竟然迎头撞上一旁的安全岛，整辆车翻覆飞出。滑行了一小段路程之后，车体才停了下来。

我可以想象得出是他太急着要追上我，以至于车子打滑失控。

我紧张地要出租车司机赶紧停车，然后我疯了似的冲向孙教授的车边。只见他困在车内，头部流了些血，但还好伤势看起来不算严重。

"教授，教授，你没事吧……"我紧张地，眼泪都流了下来。

在那一瞬间，我知道了另外一件事情，那就是，虽然大家都知道他爱我，但我心里知道，我也爱他。

"没事，没事……我……我不会……再让车祸，将……我们分开了……"教授的话，听得我一头雾水，但胸口却有种不知名的揪心感。

我一边扶着教授，一边帮助他走出车外。

"教授……你还能走吗？"我搀扶着他。

教授看着我，微微地笑着说。

"Linda，别叫我教授了……叫我大宝吧……"

大宝……

我在心中默念着，但不知为何，听到这个名字后，我的胸口一阵骚动，鼻头一酸，眼泪，就像是管不住似的，再也停不下来……

# 爱情里的聋哑人士

我的世界里面一直是安静的。

没有尘嚣，没有噪音，没有哭泣声，甚至没有音乐……

原因很简单，因为，我听不见。

我是个聋子。

打从出生之后，我就一直是个听不见声音的孩子。

曾经我以为，这世界就长这样。安静地，偶尔会模糊地从远方传来一两声，但我不会将它形容成"声音"的某种"波长"。毕竟"声音"这两个字，对我来说实在是太陌生了。

生活中倒也没有什么大问题，因为我一直都生活在这样的世界里。

可能比较麻烦的是，从背后来的人，他们得要拍打我，或者走到我面前，否则我永远都不会发现他们的存在，另外像忽然从天上掉下来的东西，我也从不会察觉。

这样的身体状态，并不会阻挠我交朋友。

或许我比较稀有，因此我能感受到，大家特别爱护我、关心我、保护我，我和同年纪的女生，也都一直处得非常好，因为我安静，我不干扰别人。也因为这样，大家都乐于陪伴我，甚至会分享心事给我听。

惠惠更是每天会陪我上下学的好朋友，她总是陪在我身边，说着学校里面，她看得到，但我却听不出的事实。

忘了从哪一天开始，惠惠开始没有时间陪我上下学了。一问之下，我才惊觉，原来惠惠恋爱了。

我听不出惠惠是如何谈恋爱的，"恋爱"又是个什么样的物品，但我却可以从偶尔碰到惠惠的短暂时间里，感受出"恋爱"在她的身上，造成多少影响。

那是幸福的。

我听不见、闻不到，也看不出，但惠惠的身上，就是洋溢着"幸福"的味道。

那种幸福不是吃到好吃的东西，或者看到美丽的风景那么单纯。

渐渐地，我发现身边的人都恋爱了。

我听不到他们讨论爱情的细节，但我可以感受到他们对爱情的敏感。

在一次次我看着别人拥抱爱情而冷淡我之后，我在心里面，听到了自己的声音。

我也想要爱情。

但，我似乎不行。

一个听不见声音的人，是要怎么谈恋爱，我不但怀疑我可否接受爱情，更恐惧的是，我怕我无法给予别人爱情。

那天下午，我一想起这些事情，一个人忍不住在河畔边哭了起来。我让一张张写着"我要我的爱情"的纸片，不间断地飘落在河中。

我哭得累了，在太阳下山之前，我擦干了眼泪，准备回到那个没有爱情的家中。

意外的是，在回家路上，我被你拦住了。

你喘着，双手叉着腰，但全身是湿的。

我看不出你是因为流汗还是什么原因，但是我知道，刚才并没有下雨。

你喘气了将近五分钟，半句话都说不出来。

我心怀愧疚地看着你，我知道一定是我听不到声音的缘故，让你必须一路跑到我的面前，才可以吸引到我的注意。搞不好，你是从几百公尺处，就开始呼喊我，但我听不见。

在你调息呼吸到一定程度的时候，你拿出一张已经湿烂透的纸片，往我面前推。

我认得出来，那是我写的字。

当然我更清楚，那就是刚才我丢到河里面的纸片，一种得不到爱情却自暴自弃的幼稚行径。

你依旧低头喘着气，但是抬头时看着我笑的眼神，我这辈子都不会忘记。

我微笑着，或许你是体恤我听不到声音，因此你什么都没说。但我想，我们已经可以因为这个举动，进而了解了彼此的心。

于是我们开始出去散步，我们开始出去看电影。

我知道你是体贴我听不到声音，因此你从来不对我说话。

直到有一天，我看到路人来向你问路，你比手画脚，却弄得对方满头雾水地走开，我才发现，原来你不能说话……

原来，你是个哑巴。

路人离开后，你不停偷偷看我的表情，活像个做错事情被发现的小孩。

我非常了解这种心态，我又何尝没有过，我多么害怕在一个正常人面前，忽然被发现我听不到声音呢，因为接踵而来的，就是一道道奇特的眼光。

我心疼你的反应，于是我主动牵起你的手，在你的手上写着"我是你的爱情"六个字。

这是我们第一次牵手，或许也是第一次正式表达彼此的感情。

那一瞬间，你的眼眶放出一种光芒，是我从来没有看过的，而我相信，你了解了我的意思，我们会因此对彼此更加地信赖与体贴。

然后我们开始约会，开始恋爱。

我们会到郊外看星，到山上看云，骑单车兜风，乘爱情游街。

我的世界依旧是安静的，但却安静得那么美丽。而我也终于体会到，惠惠他们谈恋爱时候的氛围，那是两个人的荷尔蒙发酵后所交错混合而产生的。

某一天，我看见公园的座椅上，坐着一个男孩和一个女孩。

女孩的脸上洋溢着幸福，幸福感浓郁到她的五官，像是由快乐所组成。那是另一层境界，我相信，那是我们尚未到达过的领域。

当我不解地看着那男孩的嘴型时，他慢慢地并且夸张地说着几个字："我——爱——你"。

我读出来了。我也理解到，那女生可以如此幸福的原因为何，这让我的心一下子跳得很快，因为我也想体会。但下一秒钟，我就知道我太奢求了。毕竟，要求一个不能说话的人，对一个不能听到声音的人说出这么一句话，根本是强人所难。

我想，我的神情和眼神，被你注意到了。

好几天过去了，这时正好是情人节到来的日子。

我们两个非常期盼这个属于情人的节庆，因为我们两个人都是第一次拥有这样的身份。

于是我去了美发院，去了精品店，去了服饰店。

我想要将自己打扮得像是你的公主一般，让我们真正快乐地迎接这个属于你我的日子。

只是约好的时间到了，你却没到约定的地点。

我顶着那头从没被设计过的发型，带着准备送你的礼物，痴痴地等着，依旧看不到你任何的身影。

而时间一个小时一个小时地经过，你依然没出现。

我急了，就算要拎着我那全身笨重的公主造型，我也得要四处寻找你。

因为在这个重要的日子里，两个人不可以不在一起度过的。

我像掉了玻璃鞋的灰姑娘，四处奔跑着。

河堤边、山上小路、单车道上……那些我们曾经去过的地方，我每个都去了。

终于，在那个我们曾经一起写生的树林中，我看到了你的背影。

我应该要大叫你的名字，或者赶紧跑到你背后，拍打你的肩膀。但是喘着气的我，却发现了你的企图。

我看见你的背影，不停地用着力，那个肩膀的起伏，看得出越来越吃力。

于是我慢慢走向你，但你或许太专心了，并没有发觉。

一直当我走到你的正后方不到一米处的时候，我终于知道了你在做什么。

你正对着深邃的森林，大喊着。

一次又一次地，叫着。

用你那发不出声音的喉咙，嘶吼着。

我依旧听不到任何声音，你那么用力地嘶吼，但是在我的耳朵里面，却连"波长"我都看不见。

我的眼眶逐渐地红了，我注意到你身边放着的耳环，我知道，那是要送给我的情人节礼物，而我也知道，你希望在送我礼物的同时，告诉我那三个字。

也是我最想听到的三个字。

然而看着你不断因为用力而抽搐的肩膀，我的眼泪在这时候，终于不听话地掉了下来。

我拍了你的肩膀，你虽然被我吓到，但没有急着转身过来。

我知道，你知道是我。我也知道，你因为还没练习好可以喊出那句话，不敢面对我。

但，真的不用这么想的。

我弯下腰，安静地拿起你准备送我的礼物，戴在自己的耳朵上，然后从你的背后紧紧地抱住你。

一秒，两秒，三秒……

你的头略带歉意地低了下来，但我不愿意看到你这模样。于是，我在你的耳边，轻轻地说着。

"听到了，我听到你说'我爱你'了……"

你低下的头，在这时候终于缓缓地抬起，你的肩膀开始微微地抖动了起来，我知道，你因为我的这句话而感受到我的心了，在那同时，我相信我的脸上，也洋溢着如同公园的女孩，那般幸福的表情。

"我爱你"，就算我听不到，但我感受得到。

因为，我也爱你。